Seba・蝴蝶

Seba · 蝴蝶

蝴蝶館 75

三人行

Seba 蝴蝶 ◎ 著

elegantbooks

目錄

楔子

天氣很壞，而且還一直打雷閃電，狂暴的雨不斷的下……在這種雨夜，實在有種恐怖片的氣氛。

開計程車的老胡心裡嘀咕著，雨天本來生意很好才對……但是今天真像撞了邪，跑了一個晚上，還不到五百塊收入，連油錢都不夠，這種日子怎麼過唷……

繞到火車站，只見一片冷清。時間已經過了十二點，幾部排班的計程車垂頭喪氣的在雨中排排站。張望了一下，就算有旅客也輪不到他……何況沒有旅客。

悶悶的將車開走，模模糊糊的，路邊有人招手了。他精神為之一振，趕緊把車靠路邊停下。在無盡的雨聲中，那個面貌姣好的長髮女子撥了撥溼漉漉的頭髮。

「榮總。」聲音冰冷沒有生氣，老胡忍不住打了個寒顫。

這麼晚了，去榮總做什麼？

女子剛坐進車子裡，一道強烈的閃電劃空，後照鏡裡的女子，容顏慘白的可怖。

錯覺……一定是錯覺。他輕咳一聲，「榮總？小姐要去東海大學？」

「不是。」她冷淡的聲音飄忽，「靠近金寶山墓園那邊……」

老胡理得整齊的小平頭，每根頭髮都刷的聳立，所有的汗毛都立正站好。有沒有這麼衰？有沒有？

這種該死的夜晚居然讓他載到「那個」！

他臉孔慘白的在雨幕中衝刺，只能祈禱趕緊將「她」載到榮總，明天趕緊去拜拜吧。阿彌陀佛阿彌陀佛……

這大約是他生命中最漫長的半個小時了。

到了榮總，他將車一停，「……到了。」

「還要再過去吧……」女子冷冰冰的聲音在他身後響起。

「那個那個……」老胡幾乎要哭出來，「很近！真的，很近！那邊路很小，我的車子很難回來……」啊啊啊，他在說啥，「我頂多只能載妳到這邊了！求求妳，饒了我吧～」

安靜了一會兒，「嗯，多少錢？」

「不、不用了！」他結巴起來。求妳快下車吧～我跟妳無冤無仇……

「不是三百塊嗎？」女子翻著錢包，「啊，不是這個，我找一下……」

老胡死都不敢回頭看她本來打算掏什麼給他。接過溼漉漉的三百塊，他油門一催，趕緊駛離現場……驚魂甫定的回頭，發現那個女子不見了。

回去他馬上大病一場。

*　*　*

她對台中的第一印象真的很惡劣。一下車就跌進開挖的水溝，全身都沾滿了水和泥巴。計程車司機又這麼壞……居然就這樣把車停在水溝邊，讓她一下車馬上誤入陷阱。

幸好水溝不深，才剛挖出個黃土溝而已。她沒事，但是自尊有點受傷。沒好氣的撥開黏在臉上的溼髮，就著微弱的路燈，看著淋得溼透的地圖。

她的後面是榮總，對面是金寶山墓園。看路標，的確是東大路一段。東大路一段三十號會在哪……？

順著馬路在大雨滂沱中走了快十五分鐘，才在荒涼的馬路那頭看到了聳立的大樓社區。

……這張鳥地圖到底是哪個天才畫的？可以畫得誤差這麼大，也真的不簡單欸！她不在意社區距離墓園很近，她比較在意把墓園畫在社區旁邊，事實上卻要步行半個小時！

而且，還是在打雷閃電的雨夜半個小時！

等她找到目的地時，她已經火冒三丈了。

狼狽不堪的走進便利商店，未來的房東和房東太太瞠目看著像是在泥水裡打撈上來的她。

沉默降臨在這個深夜的便利商店，她站在門口，泥水在地上形成一個小窪。

「這張地圖，」她沒好氣的舉起傳真過來，被雨和泥巴蹂躪過，皺得幾乎看不出線條的傳真紙，「到底是誰畫的？」

「啊……妳是打過電話的那個秦小姐喔？」開著便利商店的房東慌張的迎上來，「妳不是說要搭計程車？怎麼會搭到全身溼糊糊？」他搔了搔腦袋，「阿翼啊！你圖是怎麼畫的啦～」

正在櫃台埋首打電動的好看男生抬頭望了她一眼，很沒禮貌的笑出來，「……我的地圖畫得很清楚啊。」

秦湘雲惡狠狠的將溼漉漉的地圖往櫃台一摔，「你們便利商店開在金寶山墓園旁邊？」

「這是比例尺問題。」房東的兒子很氣定神閒的回答，「從高空看下來，我們家的店的確在金寶山墓園旁邊啊。」

湘雲對這個宛如奶油小生的傢伙怒目而視，咬牙切齒。

「你在黑白講什麼？」房東先生呵斥他，「真不好意思喔，來來，妳這樣會感冒……老婆啊，拿條乾淨毛巾出來……妳有沒有帶換洗衣服？樓上房間空著，有熱水啦。先去洗個澡……看房子？哎唷，先給妳洗個澡睡一夜有什麼關係？租不租房子不重要啦……」

她謝了房東的好意，跟著房東太太上樓，經過櫃台的時候，那個好看男生低低的說了一句，「落湯雞欸……還是全雞喔。」

雖然說，後來她還是在這兒租了房子……但是她知道，她將會非常討厭那個叫做趙其翼的死傢伙。

第一章 山坡上的大樓社區

每次湘雲從大樓走出來的時候，都有種無言的感覺。當然，她的居住環境真的很安靜，蟲鳴鳥叫，真是美好的山間歲月……

你沒看錯，就是「山間」。這個社區就座落在大度山的四十五度斜坡上，建設公司不知道為什麼突發奇想，在這個杳無人煙的荒郊野外，蓋了好幾千戶的大樓社區。

她的房東就是這片荒郊野外的地主之一。分到了不少樓層，從一樓便利商店起，一直到五樓都是房東的。這筆天外飛來的財富沒讓樸實的房東沖昏頭，他很勤懇的在一樓開了雜貨店（後來加盟還算有名的便利商店），還把大樓出租給人，過著勤儉的生活。

這點湘雲很欣賞，也覺得房東和房東太太都是客氣的好人。他們不會隨便到她住的地方亂按電鈴，嫌這嫌那，保持一種客氣而禮貌的距離。但是什麼東西壞了，說一聲，房東很快就會處理，一點也不會拖泥帶水。

她覺得自己很幸運。從台中下車，到附近網咖隨便上網找的第一個房東就這麼優質，實在不能說運氣不佳。

唯一讓她有意見的是……她為什麼要跟房東的奶油兒子對門而居？為什麼她會跟

一個男生住在同個屋簷下，其實是有很複雜又很深沉的理由的。

在暑假剛開始的時候，要在台中找房子本來就不容易。當初她找到這邊來，實在是幸運的。房東出租的樓層是這樣：二樓上班族、三樓女學生、四樓男學生、五樓自住。

三樓女學生的樓層已經住滿，剛好當時二樓的住戶買了房子搬家，空了出來，原本房東準備把二樓都租給女性上班族。所謂人算不如天算，沒算到嫁出去的女兒居然抱著小孩離婚回來，家裡只有三個房間，住了房東夫婦和兩個兒子，怎麼辦呢？

房東先生很抱歉的來跟湘雲商量，說，他的小兒子打算搬進二樓，如果她覺得不好，可以讓她住到搬家，房租可以不算云云。

當時湘雲剛住了一個禮拜，對環境算是很滿意。二樓是住家式，原本是房東先生的住家，只是房東太太跌傷了膝蓋以後，對爬樓梯很苦惱（電梯不停二樓），這才搬到五樓去。客廳和房間都鋪著原木地板，還有個豪華級的廚房和寬闊的後陽台。

她住的套房起碼也有十五坪，浴室有飯店的水準，室內的電視小冰箱冷氣等小家電一應俱全，床是結實的紅木床架，放著新買的床墊。

最重要的是，這麼棒的大套房，每個月含管理費、第四台、水電費，不到五千元。她實在不想搬家。再說，她關在房間裡的時間比較多，不太可能和房東那個奶油兒子碰面。

「嗯，我想沒關係吧。」湘雲很大方，「我早出晚歸，不太會見到面。」

「太好了，」房東笑顏逐開，「妳放心，我兒子是很規矩、很內向的。他不會對女生亂來啦！」

……房東先生，你這樣的保證反而很此地無銀三百兩。

雖然不是自願的，但是湘雲就跟一個陌生男人對門而居，而且彼此都看不順眼。

從湘雲的角度來看，一個男人二十好幾了，當兵回來就窩在家裡。美其名是幫家裡的忙，但是她去便利商店買東西，招呼她的都是工讀生店員，這位趙其翼先生只顧埋頭打電動。就算回到住處，這位趙先生也把門一關，門縫傳來的還是陣陣網路遊戲的配樂。

當然，小趙先生長得眉清目秀，舉止斯文。她也知道附近的女孩子都會藉故買東西跟他搭訕。這位小趙先生都表現出一種不拒絕也不接受的溫柔，惹得許多女孩如痴如狂。

但是湘雲看著他那種斯文得有點刻意的模樣，心裡總是湧出兩個字：「很娘。」

從其翼的角度來看，一個女人再漂亮也沒有用——若像湘雲這樣整天都繃著臉。周圍的人都欠她幾百萬似的……從來沒看過她笑。坦白說，她剛到他們家來的時候，他還以為湘雲是來找地方自殺的呢……

不是有很多躁鬱症和憂鬱症的女人都愛搞自殺嗎？他幾乎肯定湘雲一定有某種精神上的疾病，才會這樣繃著臉緊張兮兮。

女人長得再漂亮，也不能掩蓋神經病的事實。若不是姊姊搬回家，他又想脫離老爸的碎碎念，他也不會冒著生命危險搬下來的。

當然，他們彼此不知道對方內心的OS。也是因為不知道，所以才可以在偶爾碰到的時候，盡力展現文明人最低限度的禮貌，不至於向著對方吐口水。

我們不得不說，社會文明的確有在進步，而且對群眾的和諧有相當程度的貢獻。

所謂有一就有二，幸好他們家只有三個房間，不然可能會無三不成禮。

＊　＊　＊

就在她和其翼住在同個屋簷下剛滿一個月的時候，又有新的房客搬進空房間。

這天，其翼叫住了剛下班的湘雲，「秦小姐，我爸要我跟妳講，有新房客搬進來了。」

新房客？湘雲頓了頓。除了她住的套房，其他兩個房間都是雅房，必須共用浴室。女房客和這個奶油小生共用浴室方便嗎？雖然不關她的事情。

「我爸說，新房客是他老朋友的小孩，請妳多擔待。」說完他老爸交代的話，他一反常態，沒有鑽進房間裡，反而靠在房門對著她傻笑。

他幹嘛笑得這麼詭異？湘雲狐疑的看看他，又看看搬得乒乒乓乓的房間……然後，她看到剛搬來的新房客了。

那個高頭大馬，幾乎頂到門、滿臉猙惡的線條……像是來討債的黑道分子是誰啊！

他是搬家公司的對吧？什麼人不好找，找這種黑道分子搬家？結果那個黑道看到她，皺了眉，「妳是趙伯伯的女兒喔？我這裡不需要幫忙。」

「……我住在這裡。」湘雲硬著頭皮回答。

「什麼！」那個黑道分子暴躁的把滿手雜物一摔，「為什麼有女人住在這裡？喂～」

湘雲瞥了一眼在地上亮晃晃的「那個」，「……先生，你的武士刀出鞘了……」

「哎啊，我不是包得好好的嗎？」他蹲下去把武士刀入鞘，氣急敗壞的問，「不對，不要轉移話題！為什麼這裡有女人？我好跟女人住在一個屋子裡嗎？」

你該不會是孤兒吧？你媽不是女人？你不但跟個女人住在一個屋子裡很多很多年，還是女人生的呢。

這是哪來的黑道沙豬啊？

看了看黑道手裡的武士刀，湘雲很識時務的把話嚥下去。「我明天會問房東先生看看。」她趕緊閃進門裡，馬上把門鎖起來，火速掏出手機，撥了房東的電話。

「房東先生……」她的火氣高漲，「你收個男房客就算了，你需要收黑道分子住在這兒嗎？」

「他不是黑道啦……」房東乾笑，「只是看起來像嘛。他在金融機關上班，有正當職業呢……」

金融機關？是收高利貸的討債公司吧?!他就只臉上少條刀疤。

「房東先生，我好跟兩個大男人住在一個屋子裡嗎？」她叫了起來。那個很娘的奶油小生就算了，她勉強當他是「姊妹」（雖然是互相厭惡的「姊妹」）……黑道分子？拜託啊～

「他們都很乖，很正派啊……」房東先生虛弱的抗辯。

「乖？」湘雲要抓狂了，「那個流氓有刀啊！好大一把武士刀……乖在哪裡？」

「啊？他怎麼沒有收好呢？」房東低語，馬上滿臉堆笑，「那是辟邪的，古董啦。那把老武士刀有登記呢，別怕啦……」

這完全不是重點吧……

「房東先生！」

「不然，妳搬家好了。」房東可憐兮兮的說，「這個月的房租我可以不要收……」

「我不要搬家！」

「但、但是，我也不能叫葉隱搬家呀……他老北也是很凶的……」

其實你也會害怕吧？房東先生……你怎麼可以屈服惡勢力……

於是，湘雲到台中滿一個月的紀念日，多了一個外貌窮凶惡極的室友。

*　*　*

他們三個人一開始，都瞧對方很不順眼。不過既然受過文明社會的薰陶，大家都盡量避免見面，各自關在房間裡頭。

很偶爾，非常偶爾的在客廳或廚房煮泡麵時巧遇，都會壓抑住內心的嫌惡，簡短的打聲招呼，然後各自逃回自己的房間。

即使如此，他們還是共居在這裡住了兩個多月，相安無事。所以，有人說教育徹底失敗是不對的。最少我們在學校和社會雙重教育下，可以保持最低的EQ，讓水火不容，互相極度嫌惡的人們，容忍著住在一起，而不會因為廚房三天沒洗的碗、洗手間擠得歪七扭八的牙膏、馬桶蓋有沒有掀起來這種小小摩擦，演變出血濺五步的慘狀。

湘雲也算是正式在台中安頓了下來。她選擇「嚴重無視」，所以可以在她的小套房過著安靜的日子；只是這套在辦公室沒什麼用處。

台中成立了科學園區，網管的需求量很大，她也很幸運的在一家規模不小的上櫃公司找到網管的工作。

理論上，網管應該很清閒才對……她也認同。不過，在他們公司，清閒的是網管主管，而她一個剛進去的菜鳥，當然常常被推出去送死。

當然啦，佔據了整棟大樓的高科技公司，網路會出狀況是意料中事。網管部門只有兩個人，一個是很宅的主管，只顧著抓A片和A光，另一個是她……

你說誰要出來解決這些問題呢？自然是美麗卻又冷淡的秦湘雲小姐。

宅男主管嫌她不夠成熟（他是御姐控），所以很放心的讓她做牛做馬，良心一點也不會過意不去。而湘雲雖然從來都不笑，但是對工作，她是抱著信仰般的嚴肅狂熱。

這就是為什麼，她身為應該很清閒的網管，卻每天忙到七、八點才能下班的緣故。才待了兩三個月，所有的內線電話都指名找她，當然，總經理也不例外。

這天，總經理撥了內線進來：「湘雲，我的網路有問題。」

湘雲馬上放下手邊的事情，很認真的問，「發生什麼狀況呢？」

「我的msn突然不見了。我不知道按到什麼……我正要跟副理講事情欸。」

……這也算網路出狀況嗎？不過她已經上了三個月的班，什麼都難不倒她了。

「總經理，請你在msn的圖示上面點兩下，就可以叫出來了。」

「msn有什麼圖示？」總經理的聲音聽起來很迷惘，「不是開機就會自動出現在螢幕上嗎？」

……難道你就放著讓msn在桌面上不曾試圖縮小過它？湘雲靜了靜，「呃，你看到電腦時間旁邊有個小綠人的標示嗎？」

「有。」

「請你拿起滑鼠，在螢幕的標示上面點兩下。」

然後，湘雲聽到詭異的敲擊聲。她有不祥的預感……

「沒有啊。」總經理不耐煩了，「我點了好多下它都不會動欸。」

「……我馬上到。」她起身衝進電梯，又衝進總經理辦公室。那位天才總經理真的拿起滑鼠，努力敲著罩著護目鏡的電腦螢幕。

「我點了好多下，都沒辦法把msn叫出來。」總經理聳聳肩，「一定是網路有問題。」

湘雲深吸一口氣，「對不起，滑鼠借我一下。」

她將滑鼠游標移到msn的圖示上，按了兩次左鍵。「網路看起來沒有問題。」

因為msn很活潑的打開了。

總經理瞪著msn，又瞪著湘雲。「妳就說在圖上面點兩下就好了嘛，幹嘛叫我拿起滑鼠？我當然就以為要在螢幕上面點啊。」

她會爭辯嗎？當然不會。「是，是我沒說清楚，對不起。」

但是她這麼溫順平靜，反而讓總經理臉紅了起來。他抹了抹光亮的前額，四下張望了一下，「……妳不會把這個當笑話說出去吧？我告訴妳喔……」

「不會。是我的錯，我不會說的。」

總經理很認真的研究她是不是在忍笑，但是他在這個美麗卻超級嚴肅的臉龐上找不出一絲笑意。

「那就好。」總經理又抹了抹前額，「你們那個主管老是把我們的事情拿出去當笑話說，實在太可惡了！妳說說看嘛，是我錯了嗎？難道是我錯了嗎？明明就是你們沒說清楚……」

「對，是我們沒有說清楚，對不起。」她平靜的回答。

她寬容的態度讓總經理很感動，「……我聽主管們說，妳的工作態度很認真。反正妳的試用期到了，也是該加薪的時候了……」

「不用了。」湘雲揮揮手，「我對我的薪水很滿意。」

並不是她不愛錢，而是為了避免蠢事外流的封口費，她拿了對良心過意不去。

結果這個月薪水發下來，她多了筆莫名其妙的「特別津貼」。

結果她被迫收下封口費。

這樣是不對的……她悶悶的打內線電話，「喂，總經理？」

「如果妳要問加薪的事情，我什麼也不知道！」總經理很緊張的說，「妳該問人事部才對！也不關董事長、副董事長、副總經理的事情……」

……你還幫我把名單列出來啊？真貼心……

「不是的。」湘雲很無奈，「我是想問，下班後總經理可以撥出二十分鐘到三十分鐘給我嗎？我想開堂『網路使用課程』。我猜各位應該都知道，但是溫故知新嘛。您覺得如何？」

「……真的嗎？」總經理的聲音非常高興，「啊，我叫秘書去幫妳訂最大的會議室！」

她想阻止已經來不及了……當天的課程，大概所有五十歲以上的主管都到齊了。她默默的請總經理秘書幫她加印講義。

反正特別津貼就拿來作特別的課程吧。這些權高望重的大主管沒人敢叫他們上課。但是這個資訊化的時代，不會電腦又不行。

出去找補習班？太丟臉。問秘書？那主管的面子要擺哪裡？

她的課程很受歡迎。畢竟觀察了好幾個月，她知道高階主管們困擾的是哪些問題，她還很細心的寫了淺顯易懂的講義，每個步驟都插圖。

結果，受益匪淺的主管們喊她「秦老師」，害她都不知道該不該回答。

不過，這些主管們的純樸熱情，讓她覺得台中的確是個好地方，值得久居。

只是得排除那兩個不良室友就是了。

第二章 我不想玩網路遊戲

每天她忙到七點半，就會收拾東西下班。然後騎機車回到住處附近的漫畫王，吃個飯，看看網站和小說，喝個飲料，大約快十點散步回家。

當然，她幾乎整天盯著電腦，不過那是工作。上班時間她不會去逛ＢＢＳ和網頁，這關係到她的職業尊嚴。但是下了班，她還是想放鬆一下……漫畫王是個花費不多的好地方。

雖然餐點都是調理包，不過你知道的，出外人吃個不餓就好，她很隨遇而安的。

為什麼不在家上線呢？你問得好。那是因為他們有個克勤克儉的房東先生，一直不認為該提供網路。奶油小生的網路是自己去牽的，雖然帳單是他老爸付的。不過其他房客既然不是房東的兒女，自然而然沒有這樣好的待遇。

湘雲倒是不認為自己該牽條網路，畢竟她待在家裡的時間不多，漫畫王的電腦雖然破破爛爛，也夠她看看網站和ＢＢＳ，離家又近，夠用了。

啥？跟其翼分網路？你認為她願意跟他開口講話嗎？就算明天是世界末日，人類已經滅絕到剩下他們兩個，她也不會去找那個該死的奶油小生說話的。

只不過，當她發現那個滿臉凶惡的黑道分子也這麼想時，實在滿無言的。

第一次在漫畫王巧遇時，兩個人都僵硬了一下。湘雲忍住想要快步離開的腳步，很不自然的跟他點了點頭，然後趕緊進入自己的位置。

後來她發現，葉隱幾乎天天來報到，她認真的考慮過，是不是該換家網咖……但是附近就這麼一家，方圓五里內一片荒涼。再說，漫畫王都有分出一個個小包廂……她還沒討厭到不想跟葉隱同個漫畫王呼吸相同的空氣。

她依舊保持在漫畫王上網吃飯的習慣，偶爾跟葉隱在櫃台遇到的時候點點頭，繼續老死不相往來的生活。

直到她散步回家時，感到有人在跟蹤她。

一天還好，兩天、三天……身後遙遠的腳步聲這樣的困擾著她，雖然不是很害怕，但是一個禮拜後，她覺得自己的平靜被破壞了。

她騎很遠去買了一個電擊棒，同時還買了防色狼噴霧器和哨子。到漫畫王時，已經快九點了。她心裡一動，晚這麼多了……那個跟蹤狂應該就不會跟了吧？

事實上，她錯了。從她離開漫畫王開始，那遙遠的腳步聲又在她背後響起。她放慢腳步，然後拐進轉彎，屏息等待那個跟蹤狂……

等腳步聲越來越近的時候，她跳出來，一手拿著防色狼噴霧器，一手拿著電擊棒，「站住！為什麼要跟蹤我？」

說話的同時，她已經按下開關了。但是眼前高大的男人抹了抹臉上的水，沒好氣的瞪著她，「小姐，妳拿香水噴我幹嘛？」他瞥了一眼，「妳的電擊棒到底有沒有電啊？」

昏黃的路燈中，葉隱凶惡的臉看起來更獰猛。

呃……湘雲尷尬的看著拿錯的香水瓶子，和沒有電的電擊棒。「……你幹嘛跟蹤我？」

「跟蹤妳？哈！跟蹤妳！」葉隱的聲音很大，「我跟蹤一個沒胸沒屁股的女人做什麼？」

「喂！」湘雲吼了起來，「什麼叫做沒胸沒屁股！」

葉隱鄙夷的看了她的身材，「不看妳的臉，我根本分不出前後。」

「你不要跟我說你順路？」湘雲對著他揮拳，「順路一整個禮拜？我今天還刻意晚來欸！你到底想怎麼樣？」

「不怎麼樣！」葉隱的聲音更大了，「妳當台中治安很好是不是？深更半夜一個女人在外面亂走！妳不感謝我的好心就算了，還說我跟蹤妳？我也是有長眼睛會挑的！但是妳要知道，色狼通常沒長眼睛……哎唷！」

他讓湘雲的香水瓶子正擊額頭。那個堅固的香水瓶子掉到地上居然沒破。

「還真是謝謝你的好心！免了！」她抓著電擊棒衝回家，準備好好看說明書怎麼充電。

在這麼火大的情形下，又看到奶油小生在客廳，真是火上加火。不過她的自制力還沒有全面崩潰，所以只是深呼吸兩下，準備進房間去。

「欸……湘雲。」正在打PS2的其翼放下搖桿，「妳今天洗衣服？」

「嗯。」她狐疑的看著他，「怎？」

其翼慢條斯理的從口袋掏出一團，展開來給她看，「這是妳的內褲吧？」

湘雲覺得所有的血液都衝到腦門，她一個箭步，上前搶下了那件還沒乾的內褲。

「不是我在說，」其翼搖搖頭，靠近她耳邊說著，氣息還微微的吹在她耳上，

「女孩子的內褲別那麼省，妳看鬆緊帶都鬆了，好像阿媽的內褲……」

湘雲反射的給他一掌，「你、你再靠近我，我就喊救命！」

其翼摀著臉，大眼睛盈盈欲淚，「我、我才想喊救命呢……嗚嗚嗚，這是家暴……家暴專線是多少啊？」

她的腦神經一定斷裂了。湘雲衝進房間，對著天花板大喊，「我不要再跟這些笨男生住在一起了！」

「我也不想跟妳住在一起！」終於從錯愕中恢復過來的葉隱衝進屋子，踹著湘雲的門，「妳這個狗咬呂洞賓的笨女人！妳把我額頭都打破了！妳給我出來！斬根小指賠罪我就饒了妳！」

「她也打我耳光，嗚嗚嗚……葉隱，她好凶喔……」其翼哭訴著。

「你給我閉嘴！被女人打還有種哭？離我遠一點，娘炮！」

「嗚～葉隱也凶我……嗚～」

「你跟他差不多啦！」湘雲猛然把門拉開，「被女人打了還有種踹門？這是五十步笑百步吧！」

維持了三個月的文明人面具終於破裂了。那天這三個人帶著嘶啞又疼痛的嗓子各自上床，非常火大的盤算著搬家的事情。

不過，這麼便宜又舒適的房子真的很難找，尤其開學後，所有的房子幾乎都讓學生們佔滿了。百般無奈下，他們三個就充滿怒火的繼續共居在一起。

但是文明面具破裂後，葉隱發現，他三天沒洗的碗公得去垃圾桶找；習慣偷吃別人泡麵的其翼，在應該放泡麵的地方，找到一大包老鼠藥。

那天激烈爭吵後，他們三個人連點頭都省了，幾乎都是互相惡毒的瞪一眼，就匆匆各奔東西。

結果安靜沒幾天，房東先生氣急敗壞的拎著電話帳單，衝到其翼的房間大吼大叫，然後突然決定要牽大樓光纖網路了。

聽說，其翼打了高達五位數的電話費，險些讓房東先生爆了腦血管。

「你到底打這麼多電話費打給誰？你這個夭壽骨小孩……」房東聲震屋宇，「好幾萬欸！你是不是給我打什麼色情電話？」

「沒有啊。」其翼很委屈，「我只是打打國際電話。我想讓老爸你早點抱孫子欸……」

「你打去哪裡！」

「……溫哥華。」其翼辯解著，「我看過照片，她很正欸！追老婆總是要下成本的……」

看起來房東沒有接受其翼的「正當」理由，馬上退掉網路線，順便退掉了電話。

「與其給你打好幾萬的電話費，我還不如牽大樓的光纖網路！」房東怒吼著，「我還可以跟房客收網路費，總比讓你拿去匪類好多了！」

氣個半死的房東劍及履及，馬上叫人來牽網路，順便連三樓、四樓都牽了。但是房東先生討厭別人亂釘釘子，嚴格規定網路只能在客廳使用。

他甚至很貼心的，每層添購了三張電腦桌，網路線牽得好好的，在客廳一字排開。

「可以用無線網路嘛。」其翼抱怨著，「不然無線網路的部分我自己出好了。」

「你哪一毛錢不是我出的啊？」房東覺得他的血壓最近飆得太高了，「躲在房間裡幹什麼？看A片？你不要欺負我老，我可是什麼都知道！你想躲在房間裡打網路電話和看A片是吧？想都別想！」

原本想爭取把網路牽進房間裡的葉隱和湘雲把話吞了回去。他們可不想被房東誤會。

家裡有網路還去漫畫王就太奇怪了……何況他們被迫交了網路費（雖然幾百塊而已）。這三個水火不容的人，悶悶的一起待在客廳，各自添購了電腦，很整齊的戴上耳機，當別人都不存在。

雖然電腦桌本來是放在一起的，但是他們在網路線容忍的範圍內，搬開了大約一尺左右的安全距離。

湘雲開始過著穩定而規律的生活。她每天七點半下班，吃個簡單的晚餐，回到家大約八點多，然後抱著一瓶礦泉水，開始逛BBS和網頁，看看小說。

聲稱在金融機關服務的葉隱，則是盯著期貨和股票，看看國內外新聞，每隔一個小時，就走到後陽台去抽菸。

至於其翼……他就顯得比較忙。拿著搖桿拚命打電動，放下搖桿就拚命打字，還不時對著螢幕傻笑，除了網路遊戲，msn也響個不停。他不抽菸也不喝水，拚命灌著從店裡偷來的大瓶寶礦力。

大家過著互不相干的日子，似乎也把爭執給忘記了。雖然葉隱還是要去垃圾桶找他三天沒洗的碗公，其翼打開放泡麵的櫃子放著老鼠藥和鹽酸，湘雲忘記收的內衣會被釘在白板招領……

起碼大家還可以維持一個最低限度的容忍。畢竟上網是很忙的，等到想起來要火大時，都已經躺在床上準備睡覺了。

所以說，上網對於社會和諧還是有一定的貢獻。最少可以轉移注意力長達好幾個小時。

*　　*　　*

原本以為這樣的和諧可以一直維持下去，畢竟找房子是件勞心傷身的事情。這樣的和平，卻只持續了兩個禮拜。

就在時序進入秋天的時候，很意外的，原本埋首打電動的其翼居然兩天沒打開網路遊戲，表情非常沮喪。

當然，他的室友們都是冷血動物，根本不會有人關懷他。

悶了兩天，他突然笑顏逐開，柔聲說，「湘雲、葉隱，你們下班時間好像很固定喔～」

湘雲撫著胳臂上的雞皮疙瘩，葉隱則是把咖啡噴在桌子上。這兩個冷血室友狐疑的看著坐在他們中間，滿眼無辜的其翼。

「……你問這個幹嘛？」見過大風大浪的葉隱都覺得有點毛。

「我覺得……你們每天九點到十二點都沒什麼事情做嘛，天天逛網站不無聊嘛？」他拿出哄女孩子的拿手好戲，溫柔的勸哄著，「不如這段時間來作點事情……」

很可惜，湘雲不是普通女孩子，葉隱更是虎背熊腰的男子漢。他們兩個同時壓抑著用力比中指的衝動。

「我不覺得無聊。」湘雲扁眼看著其翼。

難得葉隱附和著，「我一秒鐘幾百萬上下，也不覺得無聊。」

「不不不，你們工作這麼辛苦，應該有所調劑啊。」其翼搖著食指，「要不要來『信長之野望※』？」

那是什麼？葉隱和湘雲浮出相同的疑問。

「你們不知道？」其翼很誇張的驚駭，「這可是最好玩的網路遊戲啊～」

這兩個冷血室友連中指都懶得比，很一致的戴上耳機。

「不要這樣嘛～」他揚高聲線，「很好玩的，你們試試看就知道了～」

「不用，謝謝！」冷血室友異口同聲，「我們已經過了打電動的年紀了！」

其翼這樣就放棄了嗎？當然不。第二天這兩個疲倦的上班族回來，發現自己的電腦多了個陌生的icon。

「這是什麼？」葉隱又驚又怒，「為什麼我的電腦多了這個鬼東西？」

「我幫你們把『信長之野望』灌好了。」其翼很開心驕傲的宣布。

湘雲已經不想跟這個娘炮說什麼了，她很直接的將檔案刪除。但是就像某種電腦病毒，刪除了以後，第二天又會生長回來……她真的要生氣了。

「我不要玩網路遊戲！」她對著其翼尖叫。

其翼張著盈盈欲淚的大眼睛，「……人家這樣哀求也不願意試試看嗎？人家、人家也只是想要讓你們紓解工作上的壓力……」

跟你住在一起……工作上的壓力算什麼啊？

「我、是、大、人、了！」湘雲氣急敗壞的把檔案刪除，「就跟你講我不要玩什麼幼稚的網路遊戲！」

「你再在我電腦亂灌程式……我就把廁所的鹽酸灌在你嘴裡！」葉隱發狠了。

「嗚～我好害怕～湘雲，葉隱欺負我～」

「我會幫他灌你鹽酸。」湘雲試圖冷靜的戴上耳機。

※「信長之野望Online」簡稱信ＯＮ，日本Koei出品的角色扮演類型網路遊戲，以虛擬的日本戰國時代為舞台，玩家可扮演特定職業的角色，行動將影響所屬勢力的軍事、外交和經濟，進行合戰與領土的爭奪等，玩家之間的互動也會彼此影響。

「嗚~你們一起欺負我……」其翼趴在桌子上啜泣。

湘雲和葉隱一起冒出了青筋。

難道其翼這樣就放棄了嗎？當然不。

每天他們的電腦就會長出「信長之野望」的icon，又不能真的把其翼拖去廁所灌鹽酸。他們刪到最後，決定無視這個icon。

但是事情這樣就結束了嗎？當然不，你太小看其翼的決心了。

正常上班族根本鬥不過柔弱無辜的「娘先生」，湘雲下班後，乾扁的走進漫畫王。結果在櫃台碰到同樣剛下班的葉隱。

這個時候，原本互相厭惡的兩個人，突然萌生了患難與共的惺惺之情。櫃台抱歉的告知沒有位置，只剩下吸菸區的雙人座。

破天荒的，這兩個人沒有反對，一起面對面上網。葉隱瞥了瞥湘雲的飲料，出去抽菸的時候，順便幫她買了一瓶礦泉水。

「妳不是不喝含糖飲料嗎？」

湘雲謝了他，心裡不是不感動的。「這裡本來就是吸菸區，你不用出去抽的。」

「啊，在不抽菸的人面前抽菸是很沒禮貌的。」葉隱彎了彎嘴角。

這時候，湘雲突然忘記對這個黑道分子的所有嫌惡，開始覺得他是好人。「……有件事情……我一定要跟你道歉。」

「妳砸破我額頭的事情？」葉隱盯著螢幕，淡淡的問。

「嗯……對不起。只是晚上有人跟在我後面，難免我會緊張……」

葉隱短促的笑了一下，視線還是盯在電腦螢幕上，「這是我第一次被打沒還手。我實在不想開這種先例。」

……你的意思是，我還得讓你打回來？你會不會太幼稚啊……

湘雲看了看礦泉水，決定先伸出友誼的手，「那，我讓你打回來好了。」

葉隱眼睛一亮，「林北等這天等很久了……」

欸？湘雲還來不及反應，葉隱的熊掌已經挾帶千軍萬馬之勢，非常沉重的招呼在她細嫩的小手上。

那一聲真的非常響亮，整個漫畫王的人都站起來看了。湘雲只覺得整個手掌都發麻了，接著腫了起來，又辣又痛的感覺一陣陣的發脹。

凶手還咧著大嘴笑，「Give me five!」

Give你媽的頭啦！湘雲含著眼淚，硬是不讓眼淚流下來。「啊……有蚊子！」她揚起完好的左手，一拳打向他的胸膛，「抱歉，飛走了……」

「……我被打沒有不還手的。」這女人的拳怎麼這麼重……葉隱的臉孔鐵青。

「抱歉，」湘雲湧起可怖的笑，「不然我打你哪裡，你也打我哪裡好了。」她非常邪惡的挺起胸。

揚起拳……葉隱發現他打不下去。「……我不想打荷包蛋。」

「最少也有柳丁的容量！」湘雲咬牙切齒。

「有這麼發育不良的柳丁嗎！」

這兩個人怒目而視，好不容易建立起來的一點點友善，馬上崩潰得一塌糊塗。湘雲發現，跟這兩隻未進化生物建立友誼根本是不可能的任務。

她怒氣沖沖的回家，跟在她身後的葉隱還跟她搶著進門，兩個人卡了一會兒才擠進家門。迎接他們的是幽怨的其翼。

「你們怎麼這麼晚回來……」滿臉怨婦模樣的其翼迎上來，「來嘛，你們連試也不願意試……」

這兩個可憐上班族馬上忘記了原本的怒氣，紛紛落荒而逃的衝進各自的房間，把門反鎖起來。

「我是不是該搬家啊……」捧著又麻又痛的右手，湘雲倒在床上呻吟不已。

＊　　＊　　＊

這種精神折磨將近兩個禮拜，湘雲不禁佩服起其翼的耐性和韌性。

就在某個颱颱風的日子裡，所有機關學校停止上班上課。他們不能夠逃去上班，也不能逃去漫畫王。因為颱風的關係，部分機房受創，所以許多網站也看不到了。

令人驚異的是，網路遊戲的機房一點毛病也沒有，運作的很順暢。

當打開電視，只有一片白花花的雪花螢幕，其翼又進行他令人起雞皮疙瘩的「說服」時……

「課以嗎?課以嗎?」他張大楚楚可憐的大眼睛(請你不要忘記他是男的),問了第一千遍「課以嗎?」,葉隱暴跳了。

「湘雲去玩我就去玩!」他真的要崩潰了。

「幹嘛扯到我頭上?」湘雲也暴躁了,「你陪他去玩不就好了嗎?我從來沒玩過什麼電腦遊戲,更不要提網路遊戲啊!」

「因為我不想被他一個人煩!要死大家一起死啦!」

「你們幹嘛搞得像是殉情?」其翼很委屈,「真的很好玩欸,你們玩過就知道了……」

滑鼠宛如千鈞之重。湘雲虛弱的點開了「信長之野望」的icon。

第三章 你在哪裡？我又在哪裡？

兩個可憐的上班族在風雨交加的淒涼午後，打開了「信長之野望on line」。

「來，」其翼滿臉和煦的笑，一個個細心的發卡片，「這是湘雲的帳密，這是葉隱的帳密……」

「……為什麼會有我的帳密？」葉隱瞪著他，「你該不會幫我們都申請了吧？」

「那當然。」其翼回答的很自然，「我還幫你們用生產※練到十級，不用感謝我了……」他很大方的揮揮手，「裡頭還有點數喔！以後要包月，拿錢給我就好了……我為了親愛的室友可是用心良苦呢～」

葉隱和湘雲開始找掃把想掃滿地的雞母皮，無奈掉的速度太快，他們幾乎引起強烈過敏。

因為湘雲從來沒有玩過，所以看到裡頭的人物還沒有什麼感覺，但是唬不過見多識廣的葉隱。

「……你就這樣把我的名字當成人物名字？你還自作主張幫我選角色！這個滿臉于思的歐吉桑是誰？」葉隱發怒了，「要選你不會選個比較年輕的嗎？」

湘雲探頭看了一眼，「跟你本人滿像的嘛……」

「你看，湘雲也這麼說！」其翼很理直氣壯的指過來。

「我帥多了好不好！」葉隱吼了起來。

湘雲看看他，又看看那個滿臉小絡腮鬍，頗為雄壯威武的角色，「他比較帥。」

「你們的眼睛都糊到什麼？」他對著角色繼續生氣，「還有，為什麼我要練什麼侍※？我要當攻擊手啦！」

其翼考慮了一下，到底要不要告訴他實情……耐力十、智力七、魅力五※的侍，天生就是武士道的命，換句話說，就是肉盾。肉盾能有什麼攻擊力？

※玩家在信長之野望裡的生活技能，依職業類別可製作各種武器、服裝等道具。

※信長之野望裡，玩家可選擇扮演的角色有侍、僧、神職（巫女或神主）、陰陽師、忍者、鍛冶師、藥師七種，皆有男女可選。

※腕力、耐久、靈巧、智力、魅力，分別表示信長之野望遊戲角色的各項素質，其數值會影響攻擊、體力、法術成功率等。

不過，反正葉隱什麼都不知道，能敷衍就敷衍，等他知道的時候已經來不及了……

「是啊，這是攻擊手啊。」其翼哄著，「等你能拿雙刀的時候攻擊力就很棒啦！」只是防禦減半而已。既然要讓你當盾，就不可能讓你拿雙刀。不過，當然不可能現在就告訴你殘酷的事實。

葉隱皺緊了眉，「……也罷了。但怎麼就把角色取名叫『葉隱』？我的真實名字可以隨便給人知道嗎？」

你又不是女生……其翼扁了扁眼。誰會想知道你的真實名字啊！

還是傻傻的湘雲好。看到自己的角色一點意見也沒有，只皺了皺眉，「開衩會不會開太高了？」

「等妳二十級，就可以把腿包得密不透風，誰也看不到喔。」其翼哄著。只是等改版，妳的開衩會從腰部開起……若不是為了這點福利，他怎麼會幫湘雲開女陰陽師？

要知道，他為了要幫湘雲創超高衩雪頸女陰陽，還是裸體圍裙超辣女鍛，亦或是美腿偶像歌手藥師，已經煩惱好幾天了呢！

雖然不知道幾時改版，但是人活著就是要有希望！要不是葉隱會抗拒女角，他真的好想帶兩個美女（好吧，當中一個人妖）到處練功打王啊……

作為一個老師，其翼有著無窮的耐性。所以葉隱很快就學會用鍵盤跑步，學會看地圖，也聽懂了修書※的重要性和方法。畢竟葉隱年少時是CS的高手，很快的進入狀況。

但是當葉隱已經跑到倉庫和其翼的小藥師組隊時，茫然的湘雲還卡在丸子店找不到方向。

「……妳要去哪裡？」其翼看著她一直往丸子店的牆壁撞過去，忍不住問她。

「不是要去倉庫嗎？」湘雲困難的移動她的角色，發現她可以往左往右，卻不能往前。打開地圖，她看了很久很久，抬頭問其翼，「你們在哪裡，我又在哪裡？」

※玩家在信長中要習得技能，必須要裝備技能書，之後經過多次的戰鬥來學習，因此學習技能的過程又叫「修書」。

「……我幫妳跑。」其翼很認命的將她的角色跑到倉庫組隊，更認命的選擇了跟蹤。即使如此，帶頭的其翼只要一甩尾，短腿的小湘雲就可能卡在石頭或房舍慌張的動彈不得。

開頭三天，湘雲不斷的說相同的一句話：「你們在哪裡？我又在哪裡啊……」對湘雲來說，這還只是苦難的開始。

但是對其翼和葉隱來說，他們也很受折磨。

「妳……」站在她身後好一會兒，葉隱忍不住開口了，「幸好這是遊戲，不然照妳這樣拿臉磨牆壁，早就毀容了。」

「這要你說嗎？」光走路外帶迷路就火冒三丈的湘雲叫了起來，「你以為我喜歡拿臉磨牆壁嗎？」

「我看妳還喜歡拿臉撞牆壁。」葉隱一直是個誠實的人，「女孩子天生不會打電動啦，阿翼，我看你放棄好了，你看她那種樣子……」

「你說什麼？誰天生就會打電動啊！」湘雲暴怒了，「什麼嘛，不過就是打個電動……學就會了啊！」

她真的拿出無比的志氣學了一個禮拜的「走路」。等她得意的跑直線給葉隱看時，葉隱只冷冷的說，「小姐，妳要去大門口，跑去內城門口做什麼？一個在西一個在南……妳連方向都不會看？」

士可殺不可辱啊～她又花了一個禮拜的寶貴時間，把城內的NPC和位置「背」起來，又想盡辦法學會看地圖。

（只是……小姐，志氣花在這種地方做什麼……）

為了學會看地圖，她甚至拒絕使用自動追蹤，一定要自己跑。然後又迷惘的問，「你們在哪裡？我又在哪裡？」

「……妳不要動，拜託妳不要動。」其翼發揮無窮的耐性，在寬闊如大海的廣大地圖上，打撈這根孤苦無依的湘雲針。

「拜託妳自動跟蹤好不好？」葉隱脾氣可就沒那麼好了，他隔著其翼大吼，「路痴就是路痴，這是天生DNA有缺陷，後天的學習有個屁用！」

「你沒聽過人定勝天嗎？閉嘴啦！」焦躁的湘雲吼了回去。

坐在他們當中的其翼哀怨的低下頭，覺得耳朵嗡嗡叫。若不是沒良心的親友團手牽手一起跳去魔獸世界，他也不用費盡苦心來教導這兩個冷血室友。

想想看，把他們養大了，一個可以做手套，一個可以做衣服，踹門就可以叫他們滾出來出團，多美好啊！現在小小的苦難算什麼？

懵懵懂懂的湘雲和葉隱不曉得，但是玩過的人就知道，信ON是個不容易上手的遊戲。除了操作門檻高，打怪還有經驗值和修得值的分別。經驗值拿來升級，修得值則是拿來修煉技能的。

等於說，衝等和修技能（修書）要齊頭並進，等級高卻技能不足，就會成為別人口中的「地雷」。而且，陰陽師的書多到要叫第一名，常常有人修到淚滿襟。但是湘雲一直沒吃到這種苦頭。

「是不是一段時間沒上，技能會自動修完啊？」她打開技能表，莫名其妙的問著。

「妳說可能嗎？」脾氣很好的其翼有點生氣，「那是白天妳不在的時候，我開來幫妳修的！」

「為什麼我倉庫多了新裝備和一千多貫？」葉隱感到很神奇，「系統會給錢給裝備嗎？」

「那是我塞進你倉庫的。」其翼對著從來沒賺過半文錢，裝備花費如流水的葉隱無力的說。

他真的很哀怨，養這兩隻不分東西的米蟲到底是……？為了陪他們修書，他那隻專門拿來生產做透漆的小藥師，從什麼都不會，已經修到什麼都會，快要可以轉特化了……

真是無語問蒼天。

就在互相吼叫中，匆匆的一個月過去了。在其翼無比強韌的耐性下，將這兩個仕官剛滿三十天，強迫催熟的正港新手揠苗助長的拉拔大，終於到了收片轉特化的年紀。

這兩個新到不能再新的新手不懂，但是其翼為了自己的毅力感動到幾乎落淚。

「好啦，」他超級開心的，「我可以開本尊帶你們去收片了。」

充滿興奮驕傲的，他開出了自己的帥氣神典神主，一身勁裝，真是玉樹臨風，帥死人不償命。

他花了不少力氣跟湘雲解釋神主是什麼，她還是似懂非懂的。

「神主又叫做『本尊』嗎？」湘雲問了非常天真無邪的問題。「收片又是什麼？」

「……本尊就是我本來在練的角色。」其翼有點欲哭無淚，這兩朵溫室的小花，真的能夠在信ON生存嗎？他突然有點沒把握。「收片就是……收集了褚片、雁片、椏片，就可以轉特化，跟別的遊戲的二轉差不多……」

「什麼叫二轉啊？」沒玩過網路遊戲的湘雲繼續追問。

「……不重要。妳跟好就對了……」一轉頭，發現湘雲又不見蹤影。拜託，剛剛進入洞窟欸！

他終於也怒吼了起來，「妳在哪？」

「我也想知道啊……」湘雲滿頭大汗的想把卡在牆角的角色挖出來，「你們在哪？我又在哪啊……？我明明有跟蹤啊～」

「腦殘沒藥醫啦。」葉隱冷冷的說，結果他按到自動前進，衝進怪的懷抱裡被生吞活剝。

……他們真的能在信ON活下去嗎？誰能告訴他答案啊！

＊　＊　＊

最近湘雲很忙。

原本她就不太笑，嚴肅的工作著，偶爾還會跟同事出去吃飯。自從那輛黝黑的馬自達天天來接送她上下班，她就拒絕了所有的邀約。

同事們對這位嚴肅的台北美女都很好奇，看她行色匆匆的跑去打卡，忍不住試探的調侃她，「男朋友在樓下等？」

「男朋友？」她美麗的眼睛出現疑惑，「我哪來的男朋友？」

「別假了，」同事吃吃的笑，「天天送妳上下班，還不是男朋友？」

「我的眼睛還沒瞎。」她沒好氣的回答，這個時候，她的手機響了。

一接起來，葉隱震耳欲聾的大聲響，「妳是在拖拖拖拖什麼啊？七點三十五分，妳讓我等了五分鐘啊！快滾下來啦！」

「吵屁啊！」她所有的淑女氣質破壞殆盡，「就要下來了嘛！難道打卡都不用時間的？等不住你不會先滾回去喔！」

「妳要我單獨去面對那個死娘炮？要死大家一起死啦！妳別想逃！」

互相咒罵了幾句，湘雲忿忿的掛了手機。同事偷笑著，「不是男朋友，嗯？」情侶也有很多種形態啦，也有那種歡喜冤家……她們完全了解的。

「的確不是，別破壞我的名聲，我還想留一點給人探聽。」湘雲抓起皮包，「他？他只是沒路用的司機。」

如果可以，她也不希望讓葉隱載來載去。誰叫其翼早上不到六點就來敲門，硬把他們倆挖起來參加早安團，每次都快遲到，只好讓葉隱的奪命飛車送她上班。

一個大男人……真是沒用！先回家會怎樣？其翼頂多碎碎念，又不會吃了他！這個表面凶惡無比的男人，卻非拖著她一起去面對其翼的折磨。

這對可憐的上班族，萬般無奈的被奶油小生拖住信ON的深淵。只是這個時候他們還不知道……

這個深淵，沒有底。

＊　　＊　　＊

一開始，收片之旅雖然很驚險，但還算順利。因為冷血室友們什麼都不懂，其翼一個口令一個動作，省去打字的時間，他們這個三人小組，還可以順利的收完大部分的褚片。

但葉隱不像湘雲那樣溫順（因為她懶得找資料），他會去翻網站查技能，然後拿半生不熟的知識和其翼爭辯。

「我會雙刀流了，」他很嚴正的宣布，「我要當攻擊手。」

其翼看著他，覺得太陽穴隱隱跳動。「……我們已經在地獄谷了。如果你要當攻擊手，剛剛在城裡就要講，我可以找個盾來。」他終於按耐不住，「你耐十腕五，是當什麼攻擊手啊！」

「我就是要當攻擊手！」葉隱很大聲，「配點不好沒關係嘛！反正裝備可以補足……但是我不要當盾了，我要攻擊，我要打怪！」

「那誰當盾啊？」其翼火了起來。

「呃……我當盾？」湘雲怯怯的問。

「陰陽師當什麼盾啊！」其翼吼她，「葉隱，你也講講理，我們已經沒有補血的了，連盾也沒有怎麼打啊！」

「……好吧，」葉隱很勉強的讓步，「我拿雙刀當盾好了。」

「你拿雙刀防禦只有一半而已欸……比湘雲的防禦還低！守護是看防禦的，你連湘雲都守不到，你是想守誰啊！」

「當盾太無聊了，我要當攻擊手啊！」葉隱一步也不讓了。

「你到底要不要練功？」

「我要。但是我不要當盾，我要當攻擊手！」

結果他們兩個男生在地獄谷門口吵了快半個鐘頭，湘雲翻著網站，有點懊悔沒趁機去洗澡。

到最後，終於吵出結果了。

其翼瞪著頑固的葉隱，「……好吧。我當盾。」

「你不是輔助系的神主嗎？」葉隱狐疑的看著他，「你會『奮戰不懈』（全體拉怪技能）？」

「我會。」其翼的語氣平靜而絕望，「只是我『奮戰不懈』後，不會加防。」

於是，其翼的神典神主，在神降、結界後，狂搖氣韻四、吟唱四、英明之韻……等等等輔助技能（都是仇恨值很高的技能），在對面的怪恨他恨得要死的時候，真的把怪的傷害都吸引過來，很稱職的當起「神盾」。

在其翼的神典搏命演出以後，他們平安（？）的把褚片收完。很久很久以後他們才知道，神主沒有在當盾的。

知道了這個殘酷的事實，葉隱這樣說，「但是我覺得神主當盾不錯穩啊。怪物撞到你的結界都會扣血欸。這樣打怪比較快啊。」

打壞兩套打王裝的其翼終於怒了，「那顆大地雷，麻煩你閉嘴好嗎？」

其翼的災難到此為止嗎？當然不。

湘雲很聽話的特化成超高攻擊力的陰陽道，但是葉隱死也不肯特武士道。

「我要當攻擊手！」

「那你玩湘雲的陰陽道，讓湘雲玩你的武士道！」其翼的脾氣都快被這兩個混帳室友同化了。

「我不要當人妖！」葉隱非常抗拒。

經過一個多鐘頭的激辯，湘雲去洗了澡，吃完宵夜，翻了好一會的網站，無聊到想睡覺了，這兩個男生才達成協議。

葉隱特化武士道，但是他要求全套腕力裝。於是，一個貧血防低不會閃還打不中的雙刀武士道就這樣誕生了。

帶著這隻不成材的武士道，和動不動就不見，滿頭大汗的問「你們在哪裡？我又在哪裡？」的陰陽道……

他開始懷疑自己的決定正不正確了。

我只是想要個自己的親友團……難道我錯了嗎？

「……誰敢跟你們打怪啊？」其翼無言的看著不像樣的室友，「就算書修完了，還是心因性的可怕地雷啊……我們，真的找得到團嗎……？」

第四章 戰爭與和平

好不容易，湘雲和葉隱終於可以開始修特化的時候，突然爆發了戰爭。

葉隱花了好幾十分鐘跟湘雲解釋（他畢竟玩過信長之野望單機版），湘雲才算勉強聽懂了，「……就是遊戲裡頭的國家互相打來打去？」有敵國，這個她知道。去遠江的時候她就被關卡士兵打趴，變成幽靈狀態，後來因為飄錯方向，其翼找不到人，五分鐘一到，可憐的一縷芳魂飛回了甲府註點的墓地。

「那打仗要幹嘛？」她實在不了解，「沒有敵國不是比較好嗎？最少關卡士兵不會打人呀。真奇怪，路上晃來晃去的兵會打我，卻不會打路上的怪……這種NPC留著幹什麼？」

葉隱一時語塞，「這是遊戲特色嘛。」

「那打贏有什麼好處？」湘雲向來是個實際的人。

「多塊領土。」

「領土？」她努力搜尋少得可憐的遊戲知識，依稀記得學弟說過天堂有城會有稅收，「那會有很多很多稅收？」

「……沒有稅收這回事。」葉隱埋首翻資料，「可以有上位目錄（吧？）。不是妳念的書每個城都有的，每個城都有每個城的土產……」

「我還土芭樂呢。」忙著打仗的其翼插嘴，「不同職業的上位目錄散布在不同的城市裡啦。」

「那跟土產有什麼兩樣？」葉隱發牢騷，「這只是文字上的小小不同……」

其翼沒再說話，緊盯著螢幕，握著搖桿的手微微沁著冷汗。自從武田開戰以後，其翼就沒辦法再帶他們出團了。他整天都坐在電腦前面打到深夜，湘雲就算看不懂，也知道他很認真、很嚴肅的對待。

雖然她真的不知道這有什麼好認真的……不過她對這個奶油小生卻油然產生了某種敬意。她向來尊重認真的人。

她轉頭繼續問葉隱，「可是，上位書不是都買得到嗎？不然也可以打得到啊……其翼帶我們去打過風方術五不是嗎？那，打仗幹什麼？」

葉隱被問住了，求助似的望向其翼。但是其翼只顧盯著螢幕，像是什麼都沒聽到。

「……就跟妳說是遊戲特色了。」葉隱勉強擠出一個答案。

總覺得他在敷衍我。湘雲皺眉想著。「……那到底要打多久？」她開始懷念其翼帶他們出團的日子了，最少其翼當盾比葉隱穩，她讓葉隱帶去死很多次了……現在她已經會開始討厭死掉，因為死掉不但要跑很遠，而且還會掉身上一半的錢。

「據說要打一個禮拜。」其翼看著網站，「打十二個小時，中間三個小時前哨戰，然後下一場繼續開打。」

「一整個禮拜二十四小時都在打仗嗎？」湘雲嚇到了。

「又沒規定非去打不可。」葉隱被問得很煩了，「我們都在內城等妳打TD※了，妳到底要不要來啊？」

「怎麼不講？」湘雲慌張的打開地圖，「呃……你們在哪？我又在哪啊？」

最後葉隱乾扁的跑去倉庫將她帶到內城。自從其翼開始忙於打仗，他就開始照顧這隻迷路的陰陽師了。這個時候，他才感受到其翼的辛苦。

修特化是很漫長很辛苦的。雖然其翼叫他們打TD和武藏屋敷就好，先把特一修完，雁片和椏片等打完仗就帶他們去收；但是跟別人組隊練功後，葉隱漸漸了解，凡事靠其翼是不行的，而且這場仗像是永遠打不完，這個禮拜武田開戰，下個禮拜武田盟國被攻，其翼每天都打到凌晨四、五點，早上六點還得被房東挖去便利商店幫忙。

這種情形下，葉隱是不太想讓其翼煩心的。所以這兩個嶄新到一點折舊都沒有的新手，開始嘗試著跟團收片和練功，當然也鬧出不少笑話。

（強迫長大的新手，真的不要要求他們太多了……）

比方說，他們去千引收片。路途要經過伊勢這張地圖。這張地圖是有名的夭壽，大馬路會有許多怪出來晃。正因為如此，葉隱叮嚀又叮嚀，要湘雲千萬別跟丟。

一路上，湘雲沒讓他失望，看到怪還知道會閃，只剩下短短的一段路就進入了關卡，可以前進到下一張地圖了……

湘雲突然開口了，「『騙人的算命師』是我們的隊友嗎？好有趣的名字啊……」

葉隱想了一下，臉孔鐵青，「妳……」

※TD意指「任務地圖」，為信ON副本模式之一，進入地圖後僅有承接任務的隊伍，因此不會有搶怪的事件發生，任務完成之後還能夠獲得獎勵，是方便練等、練技能的地方。

螢幕上已經出現了**「騙人的算命師襲擊湘雲」**這行大字。

「……他打我！葉隱，他打我！」進入戰鬥畫面的湘雲驚慌起來，「他為什麼打我？戰場裡頭才可以打不是嗎？我討厭打仗啦～他怎麼可以打我，還是滿組七個人打我一個！我不要啦～」

那是怪那是怪那是怪～我的小姐，妳分不出怪和角色的分別嗎？

「那是怪！」趕緊加入戰鬥的葉隱怒吼，「那是怪物啊～我的天，妳難道看不出來……好歹也玩了一兩個月了，這個妳也不會分？」

「他明明就是人！不知道是德川的還是上杉啦！」湘雲差點哭出來，「哪有戰場外面打人的！我要跟GM講啦！我討厭戰爭～」

「就跟妳說是怪了啦！妳撞到他身上他不打妳打誰？難道打我嗎？」

這兩個沒有氣的新手被蹂躪後變成幽靈，無助的站在路邊等好心的隊友回來復活。等葉隱血淚控訴了湘雲的罪行，她還非常不服氣的問遍了其他五個隊友。

在隊頻轟然笑聲中，葉隱和湘雲復活了。有很長一段時間，連在稻葉山等組隊，有人一走近湘雲，她都會驚慌的往葉隱的身後躲，然後又卡在告示牌和葉隱背後挖不出來。

湘雲的血淚史（？），翻過了正式的第一頁。

＊　＊　＊

本來他們兩個算是被迫跟著其翼一起玩網路遊戲的，既然其翼沒空理他們，其實葉隱和湘雲也可以樂得休息。

但是玩了兩個月了，又認識了一群朋友，上去練功修書變成一種習慣。

這些好心的人有些訝異他們的等級和新手度不成比例，但還是很熱心的告訴他們許多該有的知識。

好比說，「侍」這個職業，可以特化成武藝、武士道、軍學這三種。

單拿武士道來說，頗類似其他遊戲裡的「肉盾」。負責在前線擋怪，吸引怪的注意力，保護柔弱的隊友。

與武士道截然不同的是武藝，所有的侍都可以在雙手配備太刀，但是要犧牲一半的防禦。特化成武藝後，可以獲得更具破壞力的攻擊招式，付出的代價就是依舊要扣防禦。

至於軍學，那就是更為優異的控場師，或許可以當副盾，但是要軍學去當主盾擋怪，事實上是不切實際的做法。

所以葉隱默默的拆了一把刀下來，發現他的防禦居然有四百以上。他犧牲一半的防禦，全身加滿了腕力裝，卻依舊無法當個稱職的攻擊手。

「……但是我想當攻擊手。」他很沮喪……難道要砍掉重練？

「你的個性很適合當武士道呀。」好心的隊友鼓勵他，「而且武士道的反擊可是很痛的呢！如果你迴避了怪的攻擊，有機會反過來還怪一刀喔！那可是帥的勒！」

「……我還沒用過反擊呢。」葉隱開心了一點，「我的個性真的適合當肉盾嗎？」

「你很會照顧人呀，總是很認真的照顧隊友。看你照顧女朋友，我們都很感動呢。」

「女朋友？」葉隱有點迷惘，「我哪來的女朋友？」

「湘雲不是你的女朋友嗎？」隊友們都笑了，「再假就不像囉……」

「我還沒瞎！」他一面打字一面對著螢幕吼，「湘雲才不是我的女朋友！」正在努力把自己從倉庫牆角挖出來的湘雲瞪了他一眼，「我又沒造什麼孽，為什麼會被誤認是你的女朋友？」

「你以為我很愛？這種該死的誤會是誰傳的啊？我一定要把他拖去道場ＰＫ！」

剛去倒水的其翼愣了一下，「你們……你們趁我打仗的時候拋棄我了嗎？你們怎麼可以這樣～你們不可以戀愛啦！那誰陪我去神宮？嗚～」

這兩個人一起吼他，「閉嘴好嗎？去神經病院比較快啦！」

*　*　*

這個仗好像永遠打不完。他們特化第一本已經都念完了，其翼還在打仗中。

這天湘雲揉著眼睛到廚房泡牛奶，發現其翼趴在電腦桌上睡著了。快六點了呢……她有點不忍的推推他，「喂，要睡覺去床上睡好不好？幹嘛累成這樣……」

「……幾點了？」他迷迷糊糊的醒過來，好看的臉龐帶著脆弱和茫然。「我該去便利商店了。」

一陣如雷的腹響，連湘雲都聽見了。她沒好氣的看著其翼。這些日子以來，他幾乎沒好吃好睡過。「很燙，剛泡好的。」她把冒著熱氣的牛奶推給其翼，「需要這麼拚嗎？你是在玩遊戲還是在拚命啊？你這樣會把小命拚沒的。」

其翼端著熱騰騰的杯子，眼底有些朦朧。「……妳認識了很多朋友吧？妳覺得在信ON的生活怎麼樣？」

「……很好啊。」湘雲又泡了杯牛奶，「大家都很熱情善良，好像回到大學社團的時代……」

沒有什麼利害關係，大家很單純的，只是為了一些興趣聚在一起。聊聊天，打打怪。在神經緊繃的工作一整天以後，晚上有個這樣的「社團」，讓她覺得比較放鬆。

「我在這裡……也認識了很多好人。」他靜了一會兒，「我喜歡這些人，他們都很憨直，不怎麼喜歡打仗。但是也不喜歡別人打我們家的國土。」

「……這個國土是虛擬的。」湘雲忍不住點他，「現實比較重要不是嗎？你看看你！你除了去樓下幫忙的時間，都黏在電腦旁邊。我起床，你在這裡；我下班回來，你也在這裡；我去睡覺了，你也還在這裡。葉隱說，打仗又不是強迫性的，你這麼拚幹嘛？」

「因為螢幕後面都是活生生的人心。」他憂鬱起來，「我不希望我喜歡的朋友們傷心失望。」

湘雲沉默了好一會兒。他們現在的座位靠得比較近了，因為隔得太遠，喊話是很累的。所以她只要轉頭，就可以看到其翼的螢幕。

（也常常貪看其翼打仗，結果又驚慌失措的問：「我在哪裡？你們又在哪裡？」）

她承認，千軍萬馬的畫面真的很有氣魄……不過，想到要去殺別人的角色，心裡還是有點不舒服。她被怪打死都會生氣了，要她去殺一個活生生的人……她覺得有心理障礙。

但是她也不太想看其翼孤零零的在戰場拚命。

「我……不喜歡打仗。」她坦承，「但是幾級可以上戰場啊？我去幫你忙好嗎？」

「不要！」其翼喝完牛奶，「拜託妳千萬不要上戰場。妳就保持呆呆的，萬年迷路，每天上來很高興就好了。其實我比誰都討厭打仗……」他短促的笑了一下，「但我就是、就是不服氣跟不甘心啊！被人家說武田像一盤散沙……」

「……散沙有什麼不好？」湘雲覺得這些人莫名其妙，「這是網路遊戲欸。在上面還得結黨成派才可以喔？」

其翼想解釋，看著她不解的大眼睛，突然覺得新手實在很可愛。說不定，身為新手的湘雲，反而看得比他透澈而清楚吧？

「……我也想跟你們去打TD，也想跟你們去收片、收石頭。」他疲倦的閉上眼睛，「我也想……帶著你們打過一隻隻的小王，去伊邪那美宮啊……」

再睜開眼睛，眼底寫滿了失落和疲憊，「我，一點都不想打仗……」

湘雲看著他好一會兒，搔了搔頭。「……你去睡吧。」

「我要去店裡……」

「去睡啦！」湘雲吼他，「我跟房東先生說，你發燒了，爬不起來好囉！一定要睡覺知道嗎？讓我知道你又爬起來打仗，看我不把你拖去牆角痛打一頓！」

「我會幫她扁你的。」惺忪的葉隱出聲，把他們倆個都嚇了一大跳，「快滾去睡！」

其翼愣了一下，很感動的。「我就知道湘雲和葉隱是愛我的。我也好愛你們唷～」

「滾去睡！」兩個起雞皮疙瘩的人對著他怒吼，他馬上閃進房間裡，省得發生命案。

湘雲嘆了口氣，回房梳洗。刷牙刷到一半……她匆匆吐掉嘴裡的泡泡，氣急敗壞的去踹其翼的門，「死娘炮，你剛說什麼？什麼呆呆的，萬年迷路？你給我說清楚！」

「我睡著了！」其翼在房間裡扯著嗓子嚷，死也不開門。她的反應真的好慢啊～哈哈哈～

「我哪裡呆哪裡萬年迷路？」湘雲火大的踹門，「明明是地圖太不人性化了嘛！這不是我的問題好不好？你說那什麼話啊～」

「他說的是實話。」難得葉隱會和其翼的意見一致。

不過太誠實的下場就是，腦門正中一把還有泡泡的牙刷。

在室友怒罵聲中，其翼很安心的睡著了。跟他們住在一起，其實也滿有意思的。

* * *

這個很長、很長，將近一個月的仗，終於打完了。其翼在正式打完的那天維修，關在自己房間裡睡了一天，等他再出現時，神情非常沮喪。

湘雲不知道他的沮喪和其他武田友人的沮喪，只知道以後多了一塊需要閃駐屯兵的地圖。她的日子還是一樣的過，好不容易把稻葉山城的地圖背起來，她又把甲府的地圖忘了個一乾二淨。

「信濃沒了。」葉隱凝重的告訴她。

「啊？」她回甲府貢獻腰帶好升官，正卡在幾個箱子中間拔不出來，「沒了會怎樣？知行※產物會減少嗎？」她一臉茫然，她的知行是葉隱幫她顧的，她只需要負責貢獻。

（事實上，她也只會這個。）

「……那是亡國才會減少知行產物！」葉隱有點冒火。

她一點也看不出來少塊地圖有什麼差別。其翼幫她弄到了聽說很難打到的方匠三，她也發現了生產的樂趣。每天葉隱和其翼都得費盡力氣才能把她從紡織房拖出來練功。

「我想做件漂亮的衣服嘛！」她爭辯著，雖然她到現在還不太會看穿什麼衣服的是什麼職業。

「……妳如果喜歡，哥哥買給妳。」其翼哄著她。如果是別的女生大約會冒小心小花，不幸湘雲不是其他女生。

「我要穿上面有我名字的衣服！」她的頑固令兩個男生完全吃不消。

※知行：玩家所屬勢力給予玩家的土地，開墾土地、建造設施、收穫產物進行加工，玩家便可長期由知行獲得金錢與生產材料。

好不容易，她終於練到可以做新衣服，第二次改版也剛好降臨。於是她非常興奮的蒐集好材料，發著抖車出她第一件親手做的霞縫箔……

穿上去的瞬間，她愣住了。「……怎麼會這樣？」

對，她不喜歡之前的束帶，因為那根本是褲裙，還是喇叭褲裙。但但但但是……為什麼霞縫箔的開衩會開到腰？雖然只開一邊，還是不能掩蓋開到腰的事實啊～～

露出香肩和大片雪白的胸膛也就算了，為什麼為什麼……開衩需要開到這麼高嗎？

「我不要穿這件！」她驚慌的看著室友，「這會不會太暴露啊？我自己穿衣服連短裙都不敢穿，怎麼可以給角色穿這種衣服……」

「這樣很好啊……」其翼露出如在夢中的神情，啊啊啊～他的夢想終於實現了。他要去打高級染料幫湘雲染衣服！他等這一天好久好久了啊～

「……霞縫箔的材料是什麼？我幫妳弄。多做幾件……妳倉庫裡的束帶都扔了吧。」葉隱輕咳一聲，「這個防禦比較好。」

「……我不敢穿這樣出去打怪！」湘雲叫了起來，「開到腰……不會曝光嗎？」

「打看看就知道了嘛！」這兩個男生非常熱心的將她拖出去打TD，一個半小時內專注異常，幾乎都沒講話。

湘雲很緊張的盯著螢幕，很欣慰的發現，雖然開得這樣高，但是沒有任何走光的可能。

「靠。」打完TD以後，其翼失望的罵了一聲。

「幹，」葉隱也罵了，「盯了一個半小時，什麼也看不到……」

「你們是想看到什麼啊～」湘雲臉紅起來。

「妳要不要再開個鍛？當然是女角囉……」其翼熱情的推薦。

「開藥師！女藥師比較好！找組沒煩惱！」葉隱推開其翼，「美腿才是王道！」

「你懂啥？裸體圍裙才是王道啦！」其翼更激動了。

「……你們是不會開在你們的帳號裡喔！」湘雲怒了，「為什麼非開在我帳號裡頭不可？」

「我不要當人妖！」這兩個男生很有志一同、堅定的訴說了他們的原則。

而且，美美的室友開著火辣的角色跟在身後跑……他們完全可以原諒她的路痴和呆。

這是男人的夢想，女人不懂的啦。

等她去上班的時候，偷偷幫她開女鍛和女藥師吧……其翼盤算著，跟著葉隱一起傻笑了起來。

第五章 我的眼睛還沒瞎

湘雲會玩網路遊戲，本來就是讓其翼硬「魯」魯來的，之後是碰巧認識了一大堆朋友，也就無可無不可的一直包月下去。當然，她的好友名單同家徽的人比較多，卻不是她對武田家有什麼認同，而是因為這群很搞笑的人剛好是武田家的，其翼也是武田家的而已。

她對日本的歷史可以說是一片茫然，甚至什麼是「大名※」，都讓葉隱解釋到想扁人。要一個對日本戰國的認知等於一片空白的女生有什麼認同感，真的也困難了些。

湘雲最熟悉的也只是貢獻腰帶的陰陽師老大。那個老大很酷，結束對話的時候都會很酷的說，『打擾看書。』

就在某個手指抽筋的夜晚，她想去捐腰帶卻誤點了一個任務選項，得送信給齋藤家的一個NPC。

齋藤家？這個她知道。葉隱和其翼常常帶她去稻葉山組隊，稻葉山就是齋藤家的城市名稱。

每天這麼跑來跑去，怎麼可能不認識路呢？她自信滿滿的跑過信濃，很平安的抵達稻葉山。這是小事嘛，自己來就可以了。她不認為需要跟忙著把妹的其翼和洗澡的葉隱報備。

看了看任務內容，她開始在大街小巷尋找「齋藤道三」這個NPC。跑遍了不小的稻葉山，她沒有找到。難道是轉視角的時候遺漏了嗎？她決定反方向跑了一遍，還是找不到。

怎麼辦呢？只是找個NPC而已，居然會找不到，這讓葉隱和其翼知道，一定會笑她的。

為了榮譽（？），她又細心的找了第三遍。結果還是沒有。

看著人多到會鬼打牆的稻葉山……她決定還是問一下好了。信ON的玩家都很友善，一定會有人願意告訴她答案的。

「請問……有人知道齋藤道三這個NPC在哪裡嗎……？」她使用廣播頻道問了。

※日本戰國群雄割據時期，擁有支配數郡甚至數國領地，掌握最高權力的領主。

馬上就有人回答了，信ON的玩家果然很熱情。但是她接到的密語卻是這樣的。

「……」

「…………」

「………………」

幹嘛一直點啊？用點的她就會知道嗎？來個說人話的好嗎？她不死心，又喊了一次，「請問有人知道齋藤道三這個『NPC』在哪裡嗎？」

這次她接到更多的密，更多的點點點，點點點，點點點點點點點點。是怎樣？就是不知道才要問啊！問個NPC需要這樣的點點歧視嗎？終於有人幽幽的密她，不再是點點了。

「齊藤道三，等級一，一體……」還指了方向給她。

拜託，她現在會分NPC和玩家了好不好？而且她要找的是「齋」藤道三，不是「齊」藤道三。這個齊藤道三明明是玩家好嗎？

「請問有沒有人知道齋藤道三這個NPC……」

「呆雲！」看不下去的國眾密她，「齋藤道三在內城的城堡裡面啦！真的是呆呆的呢……」

為什麼呆？難道是我洗頻還是問了什麼笨問題？我也只是想要知道ＮＰＣ的位置啊！

她滿心疑惑的進入稻葉山的內城。雖然她對日本歷史很茫然，好歹也升到侍大將了，她也知道內城可以打ＴＤ，各國的大名也住在這邊。只是她升官的時候，武田家都在打仗，每次遇到的都是代理城主而已。

但是一個任務ＮＰＣ怎麼會在內城呢？應該是有名字的警衛之類的吧？她耐著性子找遍了整個內城，點了很多ＮＰＣ，都被無情的驅趕……

『外國人不要在這裡鬼鬼祟祟！』

『看妳的樣子，就算被殺了也不能有怨言吧！』

真是的，她只是想要送信而已啊！

滿肚子疑問的闖進了大名的房間，赫然發現，「齋藤道三」就站在主公的位置上。

湘雲對著螢幕張了好一會兒的嘴。

齋藤道三先生，那是主公的位置欸。代理城主還只有在打仗和妖魔陣的時候可以站一站……你站在那兒，不怕被殺頭嗎……？

過了幾秒鐘，湘雲的臉孔發白了。老天……難道……難道齋藤家的老大就是、就是……就是齋藤道三？

她轉頭抖著聲音問正在努力虧妹的其翼，「……齋藤家的老大叫什麼？」

「妳說大名？」其翼只顧埋首打字，連頭都沒抬，「齋藤道三啊，不然勒？」

「……謝謝。」她趕緊把信送一送，飛奔回甲府解任務，並且祈禱全稻葉山的人都在掛網，沒人注意到這個小插曲。

所謂紙包不住火，她把齋藤家的主公當成任務NPC的笑話很快就流入了其翼和葉隱的耳朵裡。

其翼笑倒在鍵盤上，葉隱只覺得太陽穴不斷鼓動。有這種親友團兼室友實在是夠了！「妳好歹也玩了三個多月！連齋藤家的老大都不知道？妳是玩到那邊去了啊～我問妳，妳該不會不知道武田家的老大叫什麼吧？」

這……湘雲不大自然的將臉轉旁邊，「……不是叫做武田不辣嗎？」

「最好是武田不辣啦！」葉隱的青筋通通浮出來了。

「這很正常嘛，」湘雲想要硬凹，「就像伊賀的老大叫做『伊賀忍一忍』，雜賀的老大叫做『雜賀魚』之類的都很正常嘛……」

「妳再掰啊，再掰啊～」葉隱的青筋有蚯蚓粗。

「最少我知道上杉家的老大叫什麼！」哼哼，組隊的時候，上杉家的朋友說過呢，「他叫做上杉信謙對不對？」

「……我該高興妳沒說上杉牙籤嗎？」葉隱跳了起來，「上杉謙信！謙信！天啊～妳這三個月是玩到哪裡去了～」

其翼已經無力的從電腦桌滾到地上捶地大笑，奄奄一息。

從以上的故事就可以知道，湘雲對國家認同度低到等於零。所以她一直覺得家裡那兩個熱情又認真的討論國家前途的男生很無聊……但是同樣被魯來的葉隱，卻非常認真的加入護國軍的行列，熱血的幾乎會沸騰。

這該說是可愛還是愚蠢，她真的很難說明。但是打仗的時候，她還是會被拖上戰場。

坦白講，打仗真是無聊的馬拉松。她也很不明白為什麼敵國喜歡搞投票部隊影響外交好開啟戰端，甚至在巴哈發戰文激怒對手，還很細緻的搞了間諜哩。

這些心思拿去現實生活，搞不好已經出人頭地了。

「搞這些花招有什麼用？」湘雲很不解，「履歷表可以寫『日本大一統、XX家家老』嗎？」

葉隱被她問得語塞，「啊，網路也是另一種現實，妳女孩子不懂啦。想出人頭地，手段是一定要用的啦。」

「那你們為什麼不用？」

「喂！做人要有品好不好？現實就夠骯髒了，妳逼我在虛擬也得如此啊？」

這種邏輯真的很詭異。不過她早就放棄教育這兩個熱血到血會滾的男生了。

＊　＊　＊

湘雲到公司快半年了，公司的同事和她相處的不錯……但是僅限女同事。大家有些可惜的發現，雖然擁有這樣美麗的容顏、溫和的脾氣、嚴肅的工作態度……但是湘雲對所有男生卻保持一個寬闊而禮貌的遙遠距離。

真是可惜了這樣的相貌身材……總是包得跟粽子一樣。可憐她還沒二十五呢，即使是夏天，她也穿著薄薄的長袖襯衫，裙子也永遠是中庸裙，包得風雨不透。

即使相貌好，無疑的，湘雲將來大約會成為老小姐、老姑婆。同事們都私底下推測，湘雲可能是在愛情上受了傷，所以才討厭跟男人接觸。因為向來脾氣溫和的湘雲，只有女同事因為失戀而哭泣的時候會大發雷霆之怒。

「什麼？」湘雲向來嚴肅平靜的臉頰湧起了憤怒的紅暈，「因為妳胖了三公斤那男人要跟妳分手？這種爛男人死死好啦！應該先催眠，太極集氣五次，一發真太極送他上西天！然後用轉生一把他救活以後，再破鎧破刀破蛋蛋凌遲他一千遍！讓他永世不能超生！這種廢物應該直接送去餵可魯，活著只是浪費糧食啊～～」

（雖然聽不懂她在念什麼……但是充滿黑話的憤怒好凶惡好可怕啊……）

「他、他也沒有那麼壞啊……」失戀的女同事膽戰心驚，害怕湘雲真的去把她的前男友碎屍萬段，鬧出人命之類的。

「不過那個黑色馬自達呢？」同事們聚在一起八卦的時候，有什麼這麼疑問著，「那個黑色馬自達也不是嗎？」

「不止黑色馬自達喔。」有人凝重的提出新情報，「還有輛白色Dio喔。」

在分秒必爭搶九點整打卡的人群中，黑色馬自達會像摩西分開紅海，緊急的在大樓門口停車。

「跟你說過我上班會遲到！一大早把我拖起來忙到現在！」湘雲憤怒的踹車門，「以後再一大早把我吵醒，我一定……」

「妳踹？妳還踹！」非常有型的帥哥從車窗裡探出頭來，「踹壞了我的車門，晚上當心我給妳四連擊！」

「四連擊……啊……」同事們心裡冒出這句感嘆。（喂喂喂！你們怎麼想到那麼邪佞的地方去？）

有些時候黑色馬自達沒來，會有個俊秀的帥哥騎著白色Dio，將湘雲送到公司門口。

「認識你真是倒了八百輩子的楣！七早八早把我吵起來幹嘛？你居然偷開我的門……女生的閨房是隨便你進出的嗎？」湘雲憤怒的踹著Dio的車殼。

「幹嘛這麼凶嘛……」俊秀帥哥盈盈欲淚，「妳再這麼凶，晚上我不幫妳補精氣囉……」

補精氣補精氣補精氣……是補什麼精氣……啊？（喂喂喂，你們怎麼越想越邪惡啊？）

「……他們兩個……都是妳男朋友嗎？」八卦的同事終於忍不住問她了。

「不是啦！」湘雲吼了起來，「我眼睛又還沒有瞎！他們兩個都是我的室友啦！」湘雲真不懂這些人怎麼會這麼認為。很明顯不是嗎？哪有感情這麼差的情侶？

「那……你們幾個人住在一起？」八卦是人的天性，又是這麼驚世駭俗（？）的八卦。

「就我們三個啊。」

哇……住在一個屋簷下的三角戀愛！居然沒有發生喋血事件，會不會太神奇了？

「他們……相處的怎麼樣？」同事們瞳孔放大，興奮得要命。

「還……不錯吧？」湘雲看了看騷動不已的女同事，是思春期的關係？「妳們對那兩個草包有興趣？需要幫妳們介紹嗎？」

「不！君子不奪人所好！」女同事們異口同聲，「跟他們……一起，應該很辛苦吧？」

「對啊，」湘雲有點感動，終於有人知道她的辛勞了，「跟他們一起玩真是有夠累的。」

一起玩一起玩一起玩一起玩～～真是太令人羨慕了！和兩個帥哥一起「玩」～

（你們是想到哪裡去了啊……）

雖然這樣的戀情（？）有點背離世間的常軌，但是，這不正是少女漫畫才會出現的情節嗎?!深愛著對方，三個人痛苦又歡愉（？）的共同生活在一起……搞不好連「睡」都「睡」在一起……

說不定那兩個帥哥愛著湘雲之餘，也彼此相愛著啊～（這段是腐女們激動的內心OS）

還有比這更華麗、更激烈，痛並且快樂的悲戀交響曲?!難道不該為他們的勇氣、愛與希望，寄予無比的祝福？

（只能說，你們實在想太多了……事實根本不是這樣……）

當八卦傳遍了公司以後，悲傷的主管們默默收起準備幫湘雲相親的打算，女同事和大部分的男同事都默默的對他們祝福。

但是你知道的，這社會上總是有些敗類想趁火打劫。

某個晚上，湘雲煩悶的站在公司樓下，沒好氣的看著手錶。向來準時的葉隱居然遲到了十分鐘，她開始有點擔心了。

正要撥手機給他的時候，紅牌業務的車停到她面前，嘻皮笑臉，「唷，湘雲，還在等男朋友啊？」

就跟你們說過不是男朋友……而且，請你叫我秦小姐。我跟你很熟嗎？不過是打過幾次照面。

「不說話？」他下了車，走向湘雲，「別這樣嘛……我送妳回家，如何？我的車可是比馬自達好幾百倍呢！」

「不用了，謝謝。」湘雲冷冷的回答。

「別這樣嘛，我們不是同事嗎，要好好相處不是嗎？」紅牌業務靠近她，低低的說，「反正妳也很會玩吧？妳要不要試試看？我也是很勇猛的喔……」

怎麼搞的？信ON有這麼紅嗎？大家都在玩？但是她真的討厭別人靠她這麼近。

她美麗的眼睛露出冷冰冰的凶光，「滾。」

「妳別跟我奧梨子裝蘋果……」那傢伙試圖要抓湘雲的手臂，湘雲的皮包已經砸在他臉上了。

「妳居然打我！」狂怒的男人揚起拳頭……

「你想對我們湘雲怎麼樣啊！」一聲暴吼，像是平地響了聲雷，葉隱從車窗口露出獰惡的臉，在黯淡的路燈下，宛如修羅。

「少管老子的閒事！」業務的聲音卻漸漸軟弱，驚恐，兩腿開始無法控制的發抖。

那個像是混黑社會的男人從車子裡頭走出來，還拿著沉重的拐杖鎖。「說說看啊！你想在人來人往的街頭對我們湘雲怎麼樣啊！」

那把沉重的拐杖鎖像是武士刀般指過來，真正可怕的不是拐杖鎖，而是那男人全身洶湧的怒火和氣勢。

如果現在他一面說「殺生為護生、斬業非斬人」一面拿拐杖鎖「斬」過來也不是什麼奇怪的事情……事後嚇得失禁的業務發誓，那個黑道分子的背後浮現了猛虎的雄壯影子。

（先生……你只是嚇到產生幻覺吧……）

鄙夷的看了看跪在地上發抖的男人，葉隱將拐杖鎖扛在肩膀上，「咕，比其翼那死娘炮還沒用……哎唷！」冷不防他讓湘雲皮包打中了背。

「你遲到了！」湘雲氣得要死，「你遲到了十分鐘！是不會先打個電話給我喔？我還以為你出了什麼事情！」

「……跟妳說過我反對暴力！」這女人的背包是擺石頭嗎？超痛的……「有人出了車禍塞車嘛！我不是盡快趕過來了！遲到十分鐘幹嘛報備……」他瞥了那個還在抖的男人，心裡有點後悔，「好啦，以後我一定會打電話。上車啦！」

「知不知道我也會擔心啊！笨蛋！」湘雲一面罵一面上車。

「災啦災啦，吼，妳很煩欸。」氣勢十足的葉隱在湘雲面前就氣餒了，「我被揍是一定要還手的……」

「等等來道場啊！」湘雲美麗的眼睛露出凶光，「來ＰＫ啊！」

……誰受得了陰陽道的真太極啊……他不想去道場丟臉，死其翼會在旁邊笑出眼淚。練到那麼強幹嘛……葉隱嘀咕著，練到這麼強會嫁不出去。

（這位先生，兩者沒有絲毫關連性好嗎……？）

回到家，葉隱跟其翼講了剛剛發生的事情，其翼皺眉了。「以後你來不及去接湘雲跟我講，我去接她好了。」

「也只好這樣了……」

「拜託，我也有機車好不好？」湘雲發牢騷，「你們不要這樣接來送去好嗎？我對同事都不知道怎麼解釋……」

「不行！」「妳別想！」這兩個男生一起吼了起來。

千萬不能讓她自己騎機車上下班……光想到就會兩腿發軟。她是怎樣平安活到今天的……

為什麼這兩個男生這麼有志一同的反對……其實是有很凝重的原因。若不是其翼跟湘雲借過一次機車，他們永遠都不會知道湘雲的祕密。

湘雲到台中以後，買了一輛黑心二手機車。其翼跟她借機車出門……發現那輛可怕的機車不但龍頭向右嚴重傾斜，輪圈是歪的，機油好像從來沒換過。

這還不是最可怕的。最可怕的是，煞車有跟沒有一樣。這種車……到底是要自殺還是要殺人用的，他實在搞不懂啊！

悄悄的把車牽去機車行修理，又悄悄的牽回來。但是第二天，湘雲抱怨機車不好騎……

他們才發現這個可怕的事實！湘雲她……她事實上不會騎直線！看著她一面騎一面逼近快車道，然後猛然拉回方向騎回慢車道，如此循環……停紅綠燈時，她居然將煞車猛然一按，整個人差點飛出去，才停下來。

這兩個冷汗涔涔的室友面面相覷。

「……湘雲，」晚上她回來的時候，葉隱開口了，「我順路送妳上下班吧。這樣早上團練後妳才不會遲到。」

「你不順路吧？」湘雲奇怪的看著突然好心起來的室友。

「從今以後就順路了！」葉隱太陽穴爆出青筋，「拜託妳讓我載吧！」

「葉隱沒空的時候，我載妳去吧。」這次其翼也站在葉隱這邊。

「我自己可以上下班……」

「不行！」這兩個男生一起喊了起來，「拜託妳讓我們接送吧！」

每天接送和白包比起來，接送比較划得來。

第六章　這樣的關係，也不錯

為什麼會變成這樣呢？葉隱納悶的想著。他搬來台中不是為了這樣的生活啊……

「你再混一點沒關係！趙其翼！」他吼著正在專心打字的其翼，「敲神隱啊！怪都要撲上來了，你還在專心把妹？快睡怪啊！」

「好嘛……一下下就好了……」其翼草草的放完輔助技能，繼續埋首打字虧妹。

……你找我來玩信ON事實上是為了方便你虧妹吧？

一回頭，湘雲又不見了。「湘雲！妳死到哪去了？」他心臟病快發作了。這裡不是TD，這裡可是高等地圖之一的黃泉啊！

「我……我也想知道。」湘雲可憐兮兮的想把自己從卡住的樹根挖出來，「你們在哪裡，我、我又在哪裡啊……」

我的小姐……妳好歹也玩了快半年，等級剛好破五十，都要來打可魯※了……妳到現在還會卡角加迷路？妳到底有沒有一點方向感，到底是哪個部位腦殘啊？

「葉隱老師，我要上廁所。」隊友甲在激烈戰鬥中提出這種無理要求。

「打完才准去！妳去了誰補血？妳是唯一的藥師啊！」葉隱不但打字罵，對著螢幕也怒吼了。

「葉隱老師，我放錯技能了……好像……」隊友乙也舉手，然後堂堂暴力武藝，義無反顧的撞上反彈結界，撞上去的下場就是……他的血條見底了。

「你……其翼吟唱藥師！快！不然要出人命了！武藝快吃藥啊！」

「報告老師，我忘記帶療傷丹。」隊友乙很認真的回報。

……出發的時候才一直叮嚀藥師要帶水、神主要帶樂器、所有人都要帶藥……老師有沒有說過，要帶藥要帶藥要帶藥？你不聽嘛！現在快要出人命了……那你找老師來帶隊幹嘛？

可以的話，他真的很想扔太刀啊！

他咬牙，在沒有結界的情形之下，放了奮戰不懈極，讓怪打個半死，拯救了腦殘的武藝隊友。

「報告老師，」身為軍學的隊友丙說，「我沉默錯了……」緊接著大法轟了過來，他憑著鬥志熬過去，血條剩下一滴血。

※可魯：信ON高等級迷宮洞穴「黃泉比良坂」第一階段BOSS黃泉魔犬的暱稱。

「你們認真一點啊～老天～別再脫隊和脫線了～」

這是他該過的生活嗎？他怎麼覺得比在家裡的時候更像幼稚園老師？

當初他會搬出來，就是驚覺他完全沒有自己的生活。

他直到十歲才有了弟弟，隔年又有了妹妹。身為長子，他一直都要照顧弟妹，也覺得很自然。

外公受日本教育，往來的朋友多少都有點江湖味道。他受外公影響很深，也一直以當個男子漢為榮。為了保護弟妹，他甚至很嚴肅的去學過武術，直到國三升學壓力太大才作罷。

他幾乎完全沒有自己的生活，除了自己的課業，還要照顧到弟妹的課業。父母親都忙於工作，他簡直是弟妹們的爸媽，連母姐會都是他請假去參加的。

後來母親辭職在家，他發現自己並沒有比較輕鬆，反而要照顧有些孩子氣的媽媽，像是多了個妹妹。

這樣的生活他並沒有什麼不滿……雖然他身邊圍滿了人，片刻的清靜也沒有。但他是長子、是哥哥，他沒有道理逃避這樣的責任。

直到弟弟大學畢業退伍了，他才發現，是不是保護過了頭。理論上應該成年的弟弟，就業一定要問過他就算了，連能不能交女朋友都要請示他……

喂！是你交女朋友還是我交女朋友啊？

更糟糕的是，妹妹有了理想的結婚對象，居然不肯嫁人。理由居然是……那個男人不像哥哥那樣有男子氣概。

喂！我不是理想男人的範本啊！

（再說妳也該拿爸爸當範本吧？拿哥哥當什麼範本啊！）

等他靜下心來仔細思考，這才發現……他們家大大小小的事情都是他這個當哥哥的做決定。小到買電冰箱，大到買房子，無事不問過他。

……難怪他完全沒有自己的生活！他才三十三歲，為什麼就過起居家男人的生活？而且一過就是二、三十個年頭啊！

更重要的是，把弟妹寵到連交男女朋友的判斷力都沒有，這不是愛他們，是害他們吧？

「我調職到台中，要搬出去。」他在餐桌上宣布了這個消息，給這個安穩的家投下了一個晴天霹靂。

他承認，他也不太放得下。但是，他不希望成年的弟妹還不能為自己的人生作主。

而且，他也想要過自己的生活，想要有自己的空間。所以搬來台中的時候，他有種鬆了口大氣的感覺，也的確快樂的享受過孤獨的滋味。

但是……現在？現在為什麼……為什麼他又開始照顧起其翼和湘雲？為什麼除了這兩個腦殘室友，還照顧起更多的腦殘隊友？

「……是誰點魔獸的？」他的臉都綠了，「藥還沒吃，技能還沒確定，是誰去點魔獸的？」

「好像是……我……」隊友丁怯怯的舉手了。「葉隱老師，對不起……」

「沒關係，」湘雲勇敢的放了結界，「你們先逃走，我殿後。」

「我殿後吧。」其翼拚命搖韻，無限放大仇恨值，「大家先逃喔。」

他滿腔無名火又澆熄了。哎……他明白為什麼老是甩脫不了照顧弟妹的命運了。

那是因為腦殘的弟弟妹妹們，都有一顆善良而單純的心哪……他怎麼放心得下。

「逃什麼啊？」他放了奮戰不懈極，把怪都吸引過來，「要趴大家一起趴啦。大不了重跑嘛，沒什麼。」

湘雲笑著對他翹了大拇指，在彼此的微笑中，他感到宿命的不可抗拒。

他這輩子，大概就是當大哥的命了。

＊　＊　＊

沒想到可以跟他們住在一起這麼久。

其翼整理著冰櫃，一面想著。他數不清第幾次看錶了，時間過得真慢，六點半這麼久，分針像是都不會動的。

再一個小時，葉隱會抓著湘雲慌慌張張的回家，在那之前，要先幫他們兩個買便當。湘雲不吃肉，但是葉隱超愛吃。要記得叮嚀老闆把兩塊排骨都夾到葉隱的那一份裡。

嗯，還有，葉隱要喝珍珠奶茶，湘雲要喝紅蘿蔔汁。買便當回來要記得順便去帶，不然他們倆會大失所望。

頓了一下，真沒想到……我也會關心別人啊。

他一直是個冷情的人。最少家人和女友都這樣指責過他。對不起，是前女友。每次家人或前女友跟他訴苦，他只會說「哦。」「嗯。」然後藉故趕緊閃人。別人對他示好，送他東西，他一點都沒有高興的樣子，他也絕對不會去幫別人什麼。承擔別人的心情……太累了。收到別人的好意就得相同的回報……也太累了。

他是個很怕麻煩的人，所以……總是設法遠離麻煩。或許這世界上無奇不有，所以有他這樣沒心肝的壞人也是應該的吧？

他和哥哥姊姊的年紀都差很多，據說他的出生是個意外，老爸老媽還討論過要不要拿掉。最後是生意太忙，拖太久了，拿掉可能有危險才無可奈何的生下來。

從小他就覺得自己不是這一家的孩子。哥哥姊姊和爸媽都共同經歷過窮困的生活，有所謂的「革命情感」。好不容易開始步入小康，他這個意外誕生的弟弟又讓忙碌的家庭更人仰馬翻。

不過，他不會說，他的個性是因為家庭所造成的。冷情是天性，不可以怪別人。再說，家人待他實在不錯，容忍他在家裡當米蟲，他實在沒有什麼好抱怨的。

他孤寂的童年幾乎都埋首在電玩中，一直到成年，埋首在網路遊戲中。他發現，隔著螢幕，人類反而可親多了，他對那些相同孤獨的心靈感到親切，不會有非回饋不可的困擾。

說不定他也是所謂的宅男吧……他常常這樣想著。

當初會拖湘雲和葉隱一起來信ON，並不是對他們有什麼興趣。而是他在信ON的小團體瓦解了。他的固定親友團團友想一起跳去魔獸，而他不想去。

問題來了。信ON是個需要組隊的遊戲，而且需要組滿七個人才能去高等地圖。他跟了幾天野團，被冗長的組隊過程弄得疲憊不堪。而且，他已經習慣固定親友團的默契和心靈相依的感覺，野團滿足不了他。

他雖然覺得跟室友不對盤……但他們下班的時間很固定不是嗎？睡覺的時間很固定不是嗎？而且是室友，只要敲門就可以把他們叫出來。

只要拐他們練上去，他就有個三人小班底，再招四個人就可以出團了。

一開始，真的只是這樣的。但是在央求他們一起來玩的過程，他覺得室友們的反應很有趣。氣急敗壞又無可奈何……但是他們的本質卻是很好的人。

等他們被拐來玩了，跟他們組隊練功，他證實了自己的想法：他們真的是很好的人。

這對他來說，真的是很新鮮的經驗。虛擬和現實居然合而為一，而他們的室友們也是他的隊友，而且他一面照顧著湘雲，一面也被葉隱照顧著。

他就算任性也沒關係，大家都會包容他。沒人叫他去找份工作，也沒人譏笑他是米蟲。這兩個脾氣都不太好的室友，卻是這樣尊重他不受拘束的選擇。

說來好笑，他居然在家人之外，找到一種有家的感覺。他第一次覺得被依賴的感覺很好，因為他也能放心的撒嬌。

七點了。他可以「下班」了。

「我要去休息了，我好累哦……快要死了……」他開始哼哼唧唧。

老爸冒出青筋，「去去去！一天做沒八個小時就要休息，會不會命太好了？快滾！」

老爸，你也沒付我薪水啊……我一個月只拿五千塊的零用錢呢。

不過，只要夠付月卡的錢，他是很安於現狀的。吹著口哨，他到轉角去買湘雲和葉隱的便當，還有他們的飲料。

七點半。他的室友衝進屋子，「都十一月了，還這麼熱會不會太誇張啊！」葉隱抱怨著，抓著珍珠奶茶猛灌。

「我可不可以先去洗澡？」湘雲滿臉倦容，「我熱得有點暈……」

「妳臉色不太好喔。」其翼看著她，「是不是感冒了？」

「我只是累了啦。」湘雲揮揮手，「你們先找人，我洗好就來。」

「不吃飯嗎？」其翼很體貼，「妳先吃飯，我去幫妳放洗澡水……怎麼樣，我很賢慧吧？要娶回家趁現在唷～」

湘雲的回答是飛過來的皮包。

笑了好一會兒，其翼的笑漸漸模糊。原來……我也會關心人啊。

真的是太好了……

*

*

*

真沒想到她沒搬家。

她以為跟兩個臭男生住在一起，不到一個月她就會搬走了呢……結果這樣一路住下來，也超過了半年。

泡在澡缸裡，頭痛似乎緩和了些。應該是今天太熱，工作太緊張，所以許久不見的頭痛又發作了吧？

其實她好想洗完澡就爬上床去睡，設法把頭痛睡掉。但是……其翼和葉隱都在等她出團。

其實網路遊戲對她來說可有可無，只是代替逛網站的另一個選項。但是……她的室友是沒有人可以代替的。

雖然常常吵架，沒事就在比聲量……但是他們對她來說，都是很重要的人。

她的生長過程孤獨而曲折，身為獨生女，受到的關愛和嚴厲是相等的。但是很忙的父母，只能將她送進安親班，她說不定對安親班老師還熟一點。

但她又不是特例。這種忙碌的年代，哪個孩子不是這樣長大？她的爸媽還願意為了她將假日空出來……雖然她寧可他們別空出來。

她對父母那種自以為是的安排覺得難為情。其實，她不想去動物園或海洋生物博物館，她也有點怕爸媽臉上那種自以為負責任父母的犧牲和享受。

似乎做到這些，當父母的責任就了了。所以可以理直氣壯的指責她的功課或生活習慣，或是一些小小的興趣。

她盡量照著父母的期望長大，只是成為一個完全沒有興趣的人。若不是發生那場災難……或許她會一輩子當爸媽的乖女兒。

那場車禍讓她發現，生命是如此脆弱，而她，幾乎還沒真正活過自己的生活。

來台中的確是個衝動的選擇，但是，她得到了和家人一樣的室友。不，比家人更好。

她忘了哪本書說過，「血緣是種暴力的關係。」因為血緣是無從選擇的。若能選擇，她比較想選擇其翼和葉隱。

他們的關心是這樣直率、沒有任何原因。非常純粹的，就只是關心而已。她這樣一個倔強的人……一定給他們帶來不少麻煩。但是他們都不介意。

「湘雲？」其翼敲著她的房門，「妳不要緊吧？我幫妳微波過便當了，再不出來會涼呢。」

「哦！我馬上出來！」她爬出浴缸，穿上家居服，即使覺得熱，還是穿上了長袖薄襯衫。

頭痛依舊，但是她不會表現出來。因為她的室友們會擔心。

「這麼熱妳還穿長袖啊。」葉隱皺眉，「都不怕中暑喔？」

「習慣穿嘛。」她漫應著，走到廚房打開微波爐……突然一陣天旋地轉，她摔倒了，撞到流理台的邊邊，在手臂上劃了很長的一道。

聽到驚天動地的巨響，兩個男生跳了起來，衝過去扶起半暈的湘雲，薄薄的長袖襯衫滲出血來。

「湘雲！」「有沒有撞到頭？」

她晃了晃頭，「沒事，不要緊……我只是有點貧血……」

葉隱想幫她脫掉襯衫，她卻兩手緊緊抓住，「色狼！女生的衣服可以隨便脫的？」

「妳的手在流血啊！我看看傷得怎麼樣……我會看上妳這沒胸沒屁股的女人嗎？」

掙扎了一會兒，葉隱幫她脫掉罩著的薄襯衫，發現她的手臂不知道怎麼跌的，跌出很長的口子，但是最令人驚心的不是冒著血的傷口，而是她的上臂有著暗紅而寬闊的傷痕，像是紋身般。

其翼一言不發的拿來救護箱，一面包紮，一面跟葉隱說，「你去開車好嗎？湘雲需要看醫生。」

「小傷看什麼醫生啦！我討厭去醫院！」湘雲倔強的想穿回襯衫，「不要大驚小怪好不好……」

「妳一直穿著長袖襯衫，就是為了掩飾這些傷痕？」葉隱有點受不了，「就是一些傷痕而已……」

「我討厭別人同情我！」湘雲生氣了，「我不在乎這些傷痕，別人會啊！只是車禍嘛！對啦，不只是手臂，我的背、我的大腿，都有這些灼傷。植皮過後還是看得出來啊！因為已經傷到真皮組織了嘛！」

壓抑的委屈和傷害一起爆發出來，「連我的臉也是整容過的啦！因為我被撞得面目全非，我同事的身分證飛到我懷裡……醫生照著她的臉幫我整容過。是怎樣啦，我還是我啊！只是換了張臉皮，大家對我的待遇就差這麼多……醜女就沒有活下去的價值？一定要變成人工美女人家才會對妳友善？」

她咬緊嘴唇，努力不讓眼淚掉下來，「連我爸媽都高興得要命，明明不是我的臉了！他們還暗暗商量要把我的臉整容的更美……還說，『早知道就該這麼做了。』生下這麼醜的女兒對他們很沒面子是不是？我還是我，我還是我啊！」

一片不自然的寂靜窒息著。湘雲勉強爬起來，衝進房間丟出一張照片，「這就是本來的我！很遺憾吧？你們漂亮室友的臉，是假的啦！」

如果是以前的臉孔，這兩個臭男生連看也不會多看我一眼。更不要說關心、邀她一起玩網路遊戲，也更不會擔心她的傷怎麼樣。

醜陋的人就是沒有活下去的價值啦。

「長這樣又怎麼樣啦。」兩個男生一起扁了眼睛，「妳還是妳啊。」

「真是找麻煩的室友。」葉隱去拿車鑰匙，「把她扶下來，貧血到昏倒還不看醫生，我不想收屍啊。」

「收屍真的比較麻煩。」其翼扶著她，「走吧，乖喔。如果醫生幫妳打針，我會幫妳呼呼喔。」

「你們不要故意安慰我！」湘雲抗拒著。

「誰要故意安慰妳啊。」葉隱把車開過來，「少了妳，就沒辦法出團啦。」

「我想看開高衩女陰陽跟在我身後……」其翼將她塞進車子裡，眼睛冒著小花小心。

「你們是沒看清楚那張照片喔！」湘雲氣急敗壞，「而且我之前很胖！非常胖！我保持這種身材是因為……」她哽咽起來，「因為車禍的關係，我割掉了一部分的胃和腸子啊……」

如果可以，她寧可回到那時候。胖嘟嘟的、醜醜的，卻很健康。現在她連多吃一口飯都會鬧胃痛，幾乎沒辦法消化肉類了。

一陣沉默後，葉隱發動了車子，「所以說，這種減肥方式真的太激烈了。」

「跟你說過，我不是為了減肥！」湘雲怒吼起來。

「但妳還活著不是嗎？」葉隱點起一根菸，打開車窗，「活著才可以跟我們相遇啊。」

倔強的湘雲，握緊了拳，眼淚一滴滴的滴在膝蓋上。和她坐在後座的其翼忍住想逃的衝動。他原本很排斥這種場合，遇到就想藉故溜走。

但她可是他的室友、隊友，跟家人一樣的湘雲啊！

「將來，妳若回到以前的容貌。」其翼笨拙的安慰她，這可是他生平第一次呢，「我也會跟現在一樣的對妳好喔。」

湘雲含著淚望著他，眼中有種強烈的情感讓他覺得羞赧。

「反正我是宅男。」其翼將臉轉旁邊，「只要妳網路遊戲的角色美美的就好了。現實中是怎樣的恐龍我不會在意啦……」

飛過來擊中他臉孔的皮包，就是湘雲的回答。

第七章　沒有血緣的家人們

湘雲被醫生罵了一頓。她的身體本來就不太好，卻沒有聽主治大夫的忠告。像她這樣損失了一部分消化系統的病人，要謹守少量多餐的原則。

少量倒是真的少量了，因為吃東西對她來說不再是快樂而是苦楚，但是她卻因為吃飯的辛苦，連三餐都吃不到。

「貧血、營養不良！」急診室大夫有著花白的頭髮，瞪著滿臉倔強的湘雲，「不能夠因為吃不下就不吃了！妳要盡量吃容易消化的食物，若是懶得自己煮，嬰兒食品也是可以代替的嘛！外食對妳來說太油膩了！」

湘雲露出噁心的表情。她在家的時候，媽媽還真的逼她吃過嬰兒食品。

醫生把她留下來，吊了一瓶點滴，兩個男生坐在她床頭瞪著她看。

「我臉上沒有開花。」她沒好氣的閉上眼睛。

「衣索比亞還有餓死的難民咧！」葉隱爆炸了，「妳有得吃卻把自己餓個半死？」

「容易消化的食物是什麼啊？用果汁機打成泥？回家我弄給妳吃。」其翼一直都很賢慧的。

「拜託你，別弄ㄆㄨㄣ給我吃好不好？」湘雲真的想吐了。

「人家一片好心欸……只是擔心妳嘛……」其翼盈盈欲淚。

「其翼好心弄給妳吃，妳這什麼態度啊？」葉隱這次站在其翼這一邊，激動得忘記這裡是醫院，三個人拌嘴越拌越激烈……

下場就是其翼和葉隱被趕出急診室。他們兩個悶悶的在醫院外面等，葉隱一根菸接著一根菸，其翼咬著唇，焦慮的走來走去。

看著他們這樣，護士也好笑起來，「妳的哥哥們？感情這麼好的兄妹不多見了。」

「……天天吵架煩死了。」湘雲將臉一偏，不知道自己為什麼不否認。

「關心才會吵架啊。不關心連話都懶得說了。」護士笑著幫她拔點滴，「吊營養劑治標不治本。還是自己學著做菜，吃清淡點。食物要確實嚼爛才吞下去喔。」

她謝了護士小姐，有些暈眩的走出急診室。結果這兩個男生一左一右的將她架起來。

「……非禮呀。」她沒好氣的叫了一聲。

「非妳的頭啊！」葉隱用獰惡的面容掩飾心疼，「妳走路需要走之字形嗎？騎車可怕就算了，連走路也得這麼可怕啊？」

「牛奶應該就可以喝吧？」其翼看著她慘白的臉孔，覺得很難過，「我回去泡給妳喝喔。」

「我不是小孩了啦！」她掙扎著。

「妳這樣鬧彆扭，完全是個小鬼的樣子啊！」葉隱沉痛的指責。

之後湘雲的日子就不得安寧了。

每天早起，她得吃其翼煮出來的糊糊稀飯。吃了三天，她投降了。她每天睡覺前都會先把米洗好，放在電子鍋裡，設定好時間。等她睡醒，就有完美的一鍋粥可以吃。

既然有了稀飯，葉隱跑去補充了大量莫名其妙的醬菜，其翼偷了一些店裡的罐頭，不知道為什麼，早上他們就開始開伙了。

這還不是最可怕的。真正可怕的是，其翼從店裡偷到家裡，會偷拿房東太太剛煮好的午餐，然後裝在便當盒裡送到公司來。

「……你們便利商店還管外送啊？」湘雲暴跳了，「別這樣好不好？我只是割掉一點點胃和一點點腸子，不是五臟六腑都割了個乾淨！別把我當病人看待！」

「怕妳沒吃嘛。」其翼滿臉可憐兮兮，「以前不知道妳在公司都不吃午餐，知道的話我也會送飯啊……」

……這樣真的罵不下去。

「我帶便當。」她舉起雙手，「我每天帶便當好不好？」

她很幽怨的每個禮拜買菜，很幽怨的開始做飯。既然帶了自己的，她也順便做了葉隱的份，甚至也有其翼的午餐便當。

「我媽媽會煮啊。」其翼瞪大眼睛。

湘雲望著天花板，不知道要不要說實話。「……順便嘛。」

她不敢批評房東太太的手藝。不過她很同情其翼的味覺受到如此的摧殘。她不喜歡下廚，但是隨便炒兩個菜就可以讓兩個大男生幹掉好幾碗飯，讓她滿有成就感的。

結果假日的時候，他們多了個新活動：逛菜市場。而且其翼會堅持付菜錢，因為那是哥哥的責任。

有些時候湘雲會想，這樣會不會有點奇怪。她和兩個陌生男人住在一起，還幫他們做飯。不過她不洗碗也不做家事，垃圾是葉隱倒的，打掃是其翼弄的，洗碗整理廚房是兩個男生輪流。

這樣，真的正常嗎？

他們搞不好比家人更親密，做什麼幾乎都在一起。

但是所謂的家人，真的必須束縛在血緣上面嗎？她想了很久，沒有答案。

不過，上線的時候，葉隱塞了三大組的行李飯給她，害她笑了。現實中從來不動鍋鏟的男人，卻在網路遊戲做飯給她吃。

笑著笑著，她又有點感動，感動到有點鼻酸。

* * *

和煦的春風，美麗的女陰陽佇立在櫻瓣紛飛中。

她的容姿是這樣的嫻靜，雪頸溫潤，皙白如玉的大腿在豔紅的裙側忽隱忽現。像是在沉思，又像是在等待。

在這櫻飛如雪的清晨，將自己站成一抹極豔的春痕。

「湘雲小姐，」陌生的侍靠近她，「一個人？」

湘雲望了他一眼，朝後走了幾步。

陌生侍跟過來，「妳是女生嗎？」

湘雲乾脆走進了倉庫。

「妳幾歲？電話號碼多少？住哪裡？」這個異國的陌生侍追了過來，「最少也給我個**msn**。」

「她跟我住在一起。」威武雄壯的葉隱突然冒出來，「你有意見嗎？我們住在台中，你要找我嘗嘗真人版的四連擊嗎？」

「我跟他們住在一起。」其翼踱了過來，「我是不會四連擊，不過我會神之光箭。」

葉隱就算了……這個ＩＤ叫做「如垂天之雲」的神主大人，可是六服赫赫有名的奪陣黨首，勢力如日中天啊～

倉庫所有的武田眾幾乎都圍過來，「喂！你想對我們的大嫂怎麼樣！」

被這麼多人威嚇……真的好恐怖。

「她不是我婆。」其翼解釋著，「別這樣。」

「她不是其翼的婆，也不是我的婆。」葉隱解釋的有點煩了。

眾人投以懷疑的眼光。葉隱其實解釋到上火。「你們煩不煩啊？看到一男一女走在一起，就懷疑是男女朋友，兩個男的或兩個女的，就認為是斷背山。你們不煩我煩死了！我們只是室友啦！」

兩男一女住在一起的室友？八卦的味道越來越濃郁了……

「哎，葉隱，好像瞞不住了。」其翼嘆口長氣，「的確不只是室友。」

所有的人都瞳孔放大，屏息靜氣想第一時間聽到第一手的八卦。

「湘雲她是……」其翼指著悶不吭聲的湘雲，「事實上，我、葉隱，湘雲，是異父異母的兄妹。希望大家替我們保守這個祕密……」

葉隱愣了一下，凝重的點頭，「對，我們是異父異母的兄妹。請大家不要再深問了。」

異父異母的兄妹！雖然聽不懂，但是覺得就是家庭倫理大悲劇啊～沒想到這三個總是在一起的人，背負著這樣沉重的悲哀……

大家的確不再問了。

「……你這個叫做唬爛吧！」正在吃茶碗蒸的湘雲對著螢幕叫起來，「不要趁我吃東西不能打字的時候隨便亂唬好不好！」

「的確是異父異母啊。」其翼氣定神閒，「我們的爸媽都不同一個啊。」

「……兄妹呢？這不是唬爛嗎？」湘雲瞪著他。

「一定要執行嗎？這年頭結拜不太流行了……」其翼搔了搔頭，「我去拿蚊香替代一下好了……」

飛過來的湯匙，代替了湘雲的回答。

「都可以啦。」葉隱不耐煩，「只要別再問了，『異父異母的兄妹』我還可以接受啦……」反正他們跟台北那對笨蛋弟妹沒啥兩樣了，「湘雲，妳趕快吃好不好？那碗茶碗蒸妳吃了快半個小時！」

「我討厭吃軟綿綿的東西！」她厭惡的把大半碗茶碗蒸擱在桌子上，「可不可以不要吃了？」

「妳敢不吃！也不看自己是什麼三寶身體！」這可是葉隱打電話回去問老媽菜單，很費心做的欸！連其翼都驚訝葉隱這種不下廚房的男人可以做得這樣好吃。「吃下去！不吃下去我就灌到妳嘴裡！」

皺緊了眉，湘雲把剩下的茶碗蒸像是吃藥一樣吞下去。現在她覺得葉隱真的是囉唆的哥哥了。

許多人都對他們的關係感到好奇。或許八卦是人的天性吧？一開始，他們覺得沒有什麼好瞞的，後來才頭痛不該太坦白。更不該三個人一起去參加網聚……乾淨清秀的其翼、獰猛有型的葉隱，和讓人一見驚豔的湘雲……這樣俊男美女的組合，偏偏是三人行。

解釋很多次，但是各式各樣奇怪的流言紛飛。湘雲有時候會氣餒的想，怎麼現實和虛擬這樣的接近沒有距離……

尤其是八卦，還真是溝通沒有距離啊……

但是沒有想到，其翼唬爛的「異父異母兄妹」居然被所有人接受了，編造出更曲折離奇宛如「台灣龍捲風」的奇幻情節，也真的沒人再來詢問了。

（他們自己創作八卦，創造得很樂嘛……）

不過其翼和葉隱被說是有「戀妹情結」，湘雲被說有「戀兄情結」，算是小小的副作用吧。

自此以後，湘雲過著平安而安靜的生活。誰也不敢去碰暴力武士道和暴力神典的妹妹。

不過，凡事都有例外。

非自願的，湘雲被捲入了一場風波中。

＊　＊　＊

湘雲在網路上是很沉默的。

事實上，她的隊友兼室友就在旁邊，她只要對著旁邊說話就好，用不著打字。但是她網路上的沉默寡言卻被解釋為嫻靜溫柔，她自己也很無奈。

不過，她在信ON本來就是為了其翼和葉隱，其他人對她來說都是有距離的。除了相同家徽的國眾，她幾乎都是沉默到有些冷漠的。

自己本國的國眾，好歹在網聚上見過面，而且，他們對其翼很重要，其翼雖然很少說，卻灌注了所有的熱情在愛著這個虛擬的國家和國眾。

雖然在她眼中有點蠢，但是這種隱藏著的熱情，多少也感染了她。讓她這個和人保持遙遠距離的女生，對自己家的國眾總是友善很多。

就這樣，她跟幾個常找她聊天的武田眾熟了些，當中有個武藝特別的積極。

自己家的人，也不好太拒人於千里之外。而且那個武藝是個溫柔的好人，很關懷她的一切。當然這樣溫柔的人卻沒有女朋友是件奇怪的事情……

「因為我總是被發好人卡啊。」他笑嘻嘻的。

或許是密語久了，有時候隊裡缺人，她會密武藝有沒有空，久而久之，他成了半固定的團員，湘雲原有的戒心也因此消失不少。

都成了固定親友團，那給msn不算什麼吧？所以湘雲給了他msn。msn聊到更熟了，約她出去看電影也沒什麼吧？

她問了其翼和葉隱要不要去，這兩個男生奇怪的看她一眼，「妳去約會，我們去當菲立普？會不會太亮了啊？」

「記得不要馬上去開房間，很危險。」葉隱是個開明的哥哥，「第一次見面應該不用叮嚀妳『騎乘帥哥要帶保險套』之類的……」

「喂！只是看電影啊！」湘雲的臉漲紅了，「你們也可以一起來看啊！」

「我要打仗。」其翼盯著螢幕，「記得幫我帶滷味回來喔。」

「我要幫推析雷※。」葉隱把她趕出大門，「有社交生活很好啊，天天待在家裡當老姑婆幹嘛？」

……恨不得把我趕出去就對了。湘雲悶悶的跟不太熟的武藝去看了電影，還算聊得來。不過，她倒是沒有什麼動心的感覺。

※析雷：信ON高等級迷宮洞穴「黃泉比良坂」第二階段BOSS。

他沒什麼不好……說不定只是太溫柔。太溫柔的男人都有問題，她比較相信其翼有點娘的溫柔，和葉隱的直率。

過頭的溫柔都有點假，也說不定她只是單純的厭惡男人而已。

不過，她既然不討厭這個武藝，葉隱和其翼又宅到一個程度，不怎麼喜歡外出，偶爾她想看場電影逛個街，這個溫柔的網友就成了唯一的選擇。

只是她沒想到，太溫柔的男人，的確有問題。

到底是從哪裡開始的，她其實搞不太清楚。

她不參與武田論壇的討論，也不太會去看巴哈姆特，所有的事實都是別人轉述的。等到她知道的時候，已經是流言滿天飛的狀態。

那個非常溫柔的武藝，原來是有女朋友的。在不知情的狀況下，她居然成了「疑似第三者」。

「……我沒有。」她驚慌的跟其翼和葉隱解釋，「我沒有跟他在一起！只是看過幾場電影、出去逛過街啊！」

「我知道，我知道……」其翼安撫著她，「我會搞清楚狀況的。」

但是她不要這種莫須有的罪名。在msn上，她質問著武藝，但是他矢口否認。直到那個女孩到信ON開了角色，找到了湘雲，還聊過天，那個武藝還是對天發誓，那個女孩只是「同梯的女朋友，代為照顧而已」，而且那女孩「是房東的女兒」。

那個武藝還請她當他的女朋友。她最後找到女孩的部落格，看到了武藝和女孩親密的照片。

這一刻，她突然好失望。

並不是她愛上那個武藝，不是的。而是她好不容易開放心扉，願意對別人伸出友誼的手，但是她得到的卻是欺騙和無盡的謊言。

她覺得好疲倦，好失望。因為其翼和葉隱，她好不容易對人類恢復了信心，但是這個相處這麼久的朋友，卻可以瞬間毀滅這種信心。

好幾天，她都不想開信ON。其翼和葉隱耐性的陪她去看電影、逛街，或者在家一起看DVD。

「……你們，會不會太寵我啊？」盯著電視螢幕，她開口了。

「異父異母的妹妹嘛。天底下也就那麼一個。」其翼拍拍胸膛，「想哭哥哥的胸膛可以借妳喔～」

湘雲給了他一個拐子代替回答。

「不過是個爛男人，有什麼好傷心的。」葉隱嘀咕著。

「我沒有喜歡他嘛！」湘雲叫了起來，「我只是、我只是不喜歡被騙的感覺……他居然還說喜歡我，想跟我在一起……」

事實上，她覺得難堪，非常非常難堪而污穢。

「我們喜歡妳嘛！」其翼別開臉，「妳是我們異父異母的妹妹捏……」

嗯，我知道。你們甚至為了我放棄信ON上的生活好幾天。只是想要安慰傷心的我……

「我們去推四聖好不好？」她用力拭去眼角的淚，「我突然很想去三輪山。聽說那邊風景很漂亮喔。」

她把那個武藝從好友名單刪除，設入壞人名單。

之後聽說那女孩原諒了那個武藝，而那個武藝，依舊在網路遊戲裡頭當他溫柔的好人，並且狩獵無辜的女孩們。

不過那都跟她沒有關係了。

第八章 不說再見，因為一定會再見

盯著螢幕，葉隱嘴巴念著，手裡狂打字發號施令，一如往昔，其翼很悠哉的把妹，湘雲依舊卡在樹根、大石頭，或者是牆角……任何你想像得到或想像不到的障礙物上面。

「……湘雲，妳到底玩多久了？」其翼想，這說不定也是一種才能。上回發現她卡在一堆怪中間滿頭大汗，他玩這麼久，還沒發現可以這樣卡了又卡呢。

幸好湘雲不會開車。不然可想而知，她可能開著車一路「嚕」牆壁，卡上消防栓、卡進死巷，卡到垃圾子車，更慘一點是，把交通警察這樣「卡」上去……

後果真是不堪想像。

沒空回答的湘雲飛出一腿，用力踹了其翼的椅子，差點讓他摔倒到地上去。指揮到火大的葉隱忍不住笑了出來。

好不容易帶到析雷那兒，已經有人在打析雷了。葉隱鬆了口氣，「休息一下，大家該喝水的去喝水，該上洗手間的上洗手間。誰在打析雷的時候跟我喊著要上廁所……」他咬牙切齒，「那就道場見！」

隊友們趕緊鳥獸散，去解決人生必須解決的事情。

他離座準備去抽根菸，對其翼使了個眼色。

其翼黏在座位上不肯動。「幹嘛？我現在正是重要的時刻……」他快要要到電話了！

「反正你也約不出來。」湘雲冷淡的瞥了瞥他的螢幕，「實在不想告訴你，你已經名列『武田最安全色狼』的名單了。」

「這是什麼意思？」其翼驚恐了。

湘雲實在不想傷害他。武田有三多：光頭人妖色狼多。色狼就不用講了，當然也分成有傷害性的和人畜無害的。女孩子私底下都有情報網，互相告誡哪些色狼別信他們鬼話，又有哪些色狼是沒傷害力的。

比方其翼。頂多要到電話就喜孜孜的……然後？哪有什麼然後？他大概要到全武田女生的電話了，約過哪一個出去？他對每個女生都嘛說「我愛妳」。

「嗯嗯嗯，我也愛你……」聚在倉庫聊天的女生心不在焉的敷衍他，「加五方解石要去哪打？我想作件腕力裝採炭用……」

「我最愛妳了。」被敷衍的其翼會向另一個女生示愛。

「哦？好啦好啦，給你愛……」另一個女生照樣敷衍，「方解石啊？地獄谷很好打啊！要去嗎？我們一起去打好了，我也想弄一些來入符。」

女生們商議既定，組好隊出發了，留下蹲在地上畫圈圈的其翼。

「就是這個意思。」湘雲仰頭灌礦泉水。

「嗚……」盈然欲淚的其翼被葉隱拖到後陽台。「幹嘛？我可不要斷背山……」

葉隱忍住把香菸按在他臉上的衝動，「說什麼屁話啊！把妹在網路把有個屁用！要把就到現實把啊！天天有妹妹到店裡跟你搭訕你不要，網路上把個鬼喔……」

「我討厭小孩子。」其翼嚴肅的回答，「我比較喜歡又辣又豔麗的大姊姊。」

「那你怎麼知道網路上你把的是大姊姊？」葉隱沒好氣。

「她們的角色都又辣又豔麗啊～」

……這是什麼宅男理論啊～

再次忍住劈開他腦袋的衝動，「聽好，明天晚上我們公司有聯誼。我想你也是該交女朋友的年紀了。別再去把虛幻縹緲的網路美女啦！明天跟我去吧，在上班的女孩子總是比較成熟的嘛，多認識一些女生也不壞啊。」

「我又不是你們公司的人。」其翼興趣缺缺，「而且我又沒工作，哪個女生會看上我……」

「你那張小白臉的臉蛋就價值連城了。」葉隱向來是很誠實的，「拜託，你家裡有祖產，自己家又有便利商店。你就說你打算繼承家業就好了……好歹也是個少東家哩！誰說你沒工作？在便利商店幫忙不是工作？來啦，就當多認識幾個朋友咩……」

「幹嘛非要我去不可？」其翼狐疑的看著他，「我去的話，你的機會不就少了？」

「我又沒想要交女朋友！」葉隱吼了起來，狼狽的抹抹臉，「真的女人很麻煩，又不是沒交過……只是老闆都叫我去了，多少總是要合群點……我又不想一個人去那兒喝悶酒。」

上回他就是一個人去，悶著臉喝酒，結果被對方的領隊投訴，他們公司有黑道分子。

吼～眼睛都瞎啦？他這樣斯文又有禮，什麼地方像流氓？就是表情嚴肅了點嘛！

「去不去啦？」葉隱瞪起眼睛。

你這樣一副吃人的樣子，我敢說不去嗎？「好啦……」

「你們是被菸毒死啦！」湘雲在裡頭叫著，「我們要打析雷了啦！」

「就來了啦！大呼小叫……」葉隱把菸按熄，「別讓湘雲知道，曉不曉得？」

「為啥？」其翼張大眼睛。

葉隱搔搔頭，其實他也說不出個所以然，「……女孩子，總是比較有獨占欲的。我們這樣悄悄的去聯誼……我怕她不高興……」

「葉隱！趙其翼！」湘雲吼了起來。

「我想我們趕緊進去吧。」其翼火速衝進屋子，「不然我覺得她好像不是不高興而已。」

第二天，這兩個男生都有點鬼祟。

雖然也是一大早就起來團練，也只是要去聯誼而已……他們還是躲著湘雲的目光。不過向來有起床氣的湘雲控著臉，一點也沒發現他們的異樣。

「又這麼晚了！」湘雲終於清醒過來，「我要遲到了！遲到了！天啊～都是你們啦！」她衝進房間梳洗，又衝了出來，含著還有泡泡的牙刷，「晚上我有事，不用來接我了。」

葉隱暗暗鬆了口氣，「剛好我也有事，正要告訴妳呢……妳怎麼回家？」

「我跟同事一起搭計程車。」她又衝回房間。

葉隱和其翼相識一眼，相互擊了一掌。當晚，他們兩個男生一起到聯誼的餐廳去。主辦人很細心的選了家有名的美式餐廳，一張橢圓形的桌子圍坐了所有的人。這種現代集體相親，再怎麼瘋、狂放不羈的人都收斂了起來，努力表現出斯文或嫻淑的一面。

只是葉隱和其翼望著對面美麗的上班族佳麗……赫然發現一位豔冠群雌，令人驚豔的美女。只是這個美女……怎麼這麼眼熟啊？更詭異的是，這個美女張著嘴巴看著他們。

「妳……」其翼和葉隱異口同聲，指著她的手指微微顫抖。

「你們……」美女也指著他們。

怎麼搞的？天天混在一起就算了，連聯誼都碰得到？

對面那個豔麗無雙的美女，就是他們的室友湘雲啊！

「怎麼，你們認識？」主辦人微笑而詫異著。

湘雲那邊的同事掐著她的大腿，拚命咳嗽使眼色。該死，怎麼會這麼巧？就是覺得湘雲這樣的苦戀實在太辛苦，希望她有正常而美好的戀情，所以才死拖活拉叫她來的。

哪裡會想到那個黑色馬自達和白色Dio都來了！到底是巧合還是故意？不管是哪一種，別在這兒砸場子啊～

「是，認識呀……」大腿被掐到淤血的湘雲表情怪異，「嗯……」

「對啊，認識。」葉隱最早清醒過來，「我們是老朋友了。」

其翼笑了出來，挨了葉隱一拐子。

湘雲的同事都鬆了口氣，雖然有點愧疚。湘雲的男朋友們倒是很知情達理的……

這場聯誼倒是賓主盡歡，大家還互相交換電話和msn，約定下次一起出來唱歌。

快散場的時候，葉隱的同事點了點他的背，「你認識秦湘雲喔？」

這個同事和他一起從台北調來台中，但是交情很普通。「是啊，怎樣？你想認識她？」

那個同事嘿嘿笑了兩聲，「我認識她啦。以前她還在台北的時候，他們公司的融資是我辦的。」他壓低聲音，「你知不知道她整容過？」

葉隱的臉孔變色了，但是同事卻以為他是驚訝，「她和她們公司有名的美女一起出車禍，聽說她騙醫生說她是那個美女……也有人說是『變臉』的台灣版啦，醫生把美女的臉孔割下來縫在她臉上。不管怎麼說，她忝不知恥的偷了別人的臉，居然有膽子活在這世界上啊……」

「該不會是她拒絕你吧？」葉隱的聲音變得非常森冷，「說得這麼難聽？」

「你怎麼知道？」同事訝異了，轉而憤慨，「也不想想自己是偷了別人的臉，那個醜女居然拒絕我！我要不是想嘗看看人工美女的滋味……」

葉隱霍然站起來，其翼一個箭步拉住他，「不要！葉隱不要！」

「我在努力保持理智。」他的聲音都發抖了。

「先生，你好像沒搞清楚。」其翼嚴肅的對他講，「我們不但都知道，而且，湘雲還是我們異父異母的妹妹。希望你停止這種無謂的謠言，不然……」他指了指快爆發的葉隱，「下一個會死誰，我也不知道。」

他設法把猛獸般的葉隱拖走，順便把湘雲也帶走了。

「你幹嘛滿臉青筋？」湘雲奇怪的看著葉隱，「剛跟你說話的是誰？他看起來很眼熟……我認識嗎？」她回眼尋找那個陌生又熟悉的身影。

「妳怎麼可能認識那種混帳、卑鄙、下流又無恥的人渣！妳如果去認識他，我就跟妳絕交！」葉隱暴吼了起來。

……你幹嘛啊？活像火藥庫似的。那傢伙搶過你女朋友嗎？

其翼趕緊出來打圓場，「啊哈哈……湘雲，想交男朋友囉？怎麼出來聯誼都不跟我們講啊？」

「誰要交男朋友啊？」湘雲不大高興，「男人都是一群壞蛋啦。主管辦了聯誼，我不好說不來啊。總是要稍微合群一下，就一大群人吃吃飯啊……有喜歡的對象嗎？我可以幫忙喔。」

「沒錯！男人都是一群混帳、卑鄙、下流又無恥的人渣！」葉隱猛踩油門，「交這群人渣做什麼?!幹！我今天真的恥為男人～他媽的～」

你是吃錯什麼藥啊？

但是葉隱死都不跟她講，整晚火爆的像是吃了炸藥。

湘雲想破頭也想不出來，躺在床上翻來翻去，最後跑去敲了其翼的房門。「其翼，我睡不著。」

惺忪的其翼看著她雪白的睡衣，臉孔紅了起來，「呃……可是可是，人家會害羞……」

湘雲很直接的踹了他的小腿。

其翼蹲下去護著小腿，兩眼含淚，「……現在妳睡得著了嗎？」

「我是想不通葉隱火大什麼啦！我做了什麼讓他生氣了？」湘雲滿眼的困惑。

其翼搔搔頭，「到陽台去講吧。」萬一葉隱沒睡，他得挨葉隱真人版的四連擊或五連擊，會死人的。

十二月了，夜晚終於開始有涼意。深深吸了一口清冷的空氣，其翼盡量避重就輕說了晚上發生的事情。

「難怪我覺得他很眼熟。」湘雲笑了笑，卻沒有歡意。

其翼安慰的摟了摟她的肩膀，咬牙等著拐子或飛踢。他倒是按住了葉隱擺在陽台的菸灰缸，不用怕會頭破血流。

但是拐子和飛踢沒有來，湘雲反而輕輕的偎了偎他的肩膀才離開。

「當你們妹妹滿幸福的。」湘雲的表情很遺憾，「如果有來世，我希望當你們真正的妹妹。」

聊了一會兒，各自回房去睡。湘雲偎著枕頭哭了大半夜，其翼也在自己的房間紅了很久的眼眶。

從不在房間抽菸的葉隱，聽了他們的陽台對話，在房間裡抽了一晚上的菸。

*　　*　　*

如果是真的兄妹就好了。

這種遺憾漸漸的在這三個人的心裡擴大。因為沒有血緣的保護，異性之間的情誼總是被質疑的。

血緣關係或許很野蠻、殘酷，但這也是一種很好的保護。運氣好的話，同血緣的兄妹可以相親相愛，比朋友還朋友，還是一輩子斷不了的關係。

但是沒有這層保護色，異性除了成為情侶、夫妻，似乎沒有維持下去的道理。

和其翼沒問題，那死娘炮和他同性別。這種朋友關係一輩子也不會有人講話。他老爸和其翼老爸好到可以交換褲子穿，即使結婚生子，好幾年沒見，還是要好得不得了，這就是兄弟。

但是湘雲呢？她是女生，將來成家立業，老公不可能平心對待這種關係。想到會失去湘雲……他心會痛。

該死的湘雲……妳幹嘛是女生？是男生就好辦了……

或許把湘雲追起來？

這個想法讓他有點噁心。就好像有人建議他追求自己親生妹妹一樣。如果有人這樣建議他，他大概會把鎮家之寶的武士刀抽出來，非在那個瘋子身上製造一點傷口不可。

「你要不要追湘雲？」其翼突然這樣問他。

葉隱差點把咖啡噴在螢幕上，「……你想挨武士刀嗎？」

「我想也是。」其翼很失落，「我也不想追她，但是我又不想失去她。」

「說什麼鬼話啊！」葉隱罵著。他不想承認和其翼有相同的憂慮。

其翼聳聳肩，「天下無不散的宴席。」但是他的心情很沉重。

離開了信ON，將來若不住在一起，他們可能就這樣離散了。但是，他是多麼習慣和依賴這兩個異父異母的兄妹啊……

「先不要煩那麼久以後的事情啦！」葉隱顯得很焦躁。

他的焦躁完全顯現在網路遊戲上。許多無辜的武田色狼都遭遇到池魚之殃。

「大腿姊姊～」許多武田色狼喜歡這樣衝過來喊著湘雲，卻又被全身充滿殺氣的葉隱嚇個半死。

「你想對我妹做啥？」葉隱怒吼，「你不怕我把你裝進汽油桶，灌滿水泥扔進精進湖？」

幸好信ON沒有「灌水泥」這個指令，不然精進湖底應該滿滿的都是武田色狼的屍體吧……

「照你這樣扔，」其翼勸著他，「小小的三個湖早就填滿了，你不知道武田色狼就是多嗎？」

說是這樣說，但是他瞥見居然有人偷密湘雲，跟她問電話號碼的時候，其翼鐵青著臉密那個不識相的傢伙：「你也想被灌水泥嗎？我想精進湖還有位置。不然我去北條借相模灣也可以。」

「你還不是一樣！」葉隱叫了起來，「還說我勒！」

「拜託你們兩個別這樣好不好？」湘雲覺得頭很痛。

不過，被寵愛的感覺，實在很不賴。或許她找到一個可以一直住下來的地方吧？其實她也擔憂過分離的問題。

不過，她這輩子都不會結婚。距離其翼和葉隱結婚，也還好些年吧？這些年，他們可以照這樣住在一起。

妹。

就算他們分別結婚了，離開這裡，只要心還在，他們永遠都會是異父異母的兄

將來他們都會老，老到不會惹出桃花了，他們可以自在的住在一塊兒，若是還玩得動，三個爺爺奶奶還可以圍著電腦一起玩。

她的心，很篤定。

只是她沒有想到，分離居然來得這樣迅速而突然。

返家過年，原本以為只是一個禮拜的別離。卻沒想到，這個別離如此的長遠。

*　　*　　*

正要陪母親回娘家，遲遲等不到母親從房間裡出來。

「媽？」她推開房門，看到母親打扮整齊，卻倒在地板上，沒有了氣息。她只覺得自己的血液都冰涼了。

她大聲叫著爸爸，這個新年，突然變得非常寒冷。

過年期間，醫院裡頭值班的實習醫生比他們還慌張。但是運氣很好的，在老練的護士手底下，將母親盡力搶救了回來。

等檢驗報告出來，她和父親都呆掉了。向來沒什麼病痛的母親，肝癌已經到了末期，而且已經侵犯轉移到不能夠手術了。

「頂多三個月，或四個月吧。」醫生很凝重的告訴他們。

爸爸馬上號啕大哭，湘雲反而比較鎮靜，安慰著傷心欲絕的父親。她火速回台中辭掉了工作，開始準備搬回台北的家。

其翼和葉隱默默的幫她打包行李，她一直都鎮靜過頭，把行李搬到客廳，等待搬家公司的時候，她看著自己的電腦桌空空蕩蕩，突然哽咽。

「我的帳密……其翼你是知道的。」她每說一個字，就掉下一滴眼淚，「需要什麼就拿去吧……我可能再也用不到了……」

大難來臨，她卻只能自己承擔下來。她的一切安穩都粉碎在一紙檢驗報告上面。

「我害怕……我好害怕……你們為什麼不是我的親哥哥……」她放聲大哭。

葉隱俯身抱住她，原本想要轉頭離開的其翼紅著眼眶，也抱住了他們兩個。

充滿淚水中，湘雲孤零零的上了搬家公司的車，轉頭哭著看其翼和葉隱。她的哭臉在車窗後面漸漸駛遠。

卻一直留在他們兩個的心裡。

「……禮拜天，空出時間來可以嗎？」葉隱說了。

「如果是去看湘雲，那就可以。」其翼抹去了臉頰的淚水。

第九章 再見

剛回家的一個禮拜，她不知道日子是怎麼過的。

雖然父母都在上班，但是父親被母親嬌寵得非常無能。發生這麼大的事情，她的爸爸只會哭，哭完無助的坐在家裡等。

開頭幾天，她忙著母親住院、陪母親度過熬也熬不完的各式檢驗，照顧昏睡和被疼痛折磨的母親。偶爾回家洗澡幫母親拿換洗衣服，她發現父親頹唐的穿著同樣的衣服，鬍子都沒刮。

「爸，」她喊了一聲，「你吃飯了沒有？」廚房狼藉的都是亂七八糟的保麗龍餐具，客廳裡滾著酒瓶和大堆吃過或吃到一半的下酒菜。

「我想吃茵茵煮的飯。」他滿臉茫然，「妳問妳媽媽，乾淨的襯衫放在哪裡？我都找不到．還有我最喜歡的那件西裝在哪？我的領帶呢？沒有那些衣服我不能去醫院……」他顫抖的哭了起來，「湘雲，媽媽如果死了，我怎麼辦？」

爸爸，你是大人了。你能不能別讓我擔心？我現在要煩惱的是媽媽怎麼辦，不是你沒人照顧怎麼辦。

生病的是媽媽不是你。

但她還是捲起袖子，哄著父親去洗澡，把所有的衣物都丟進洗衣機裡，輕易的在衣櫥裡找到父親的襯衫、領帶，和西裝。

打理完廚房和客廳，她真的很疲倦。但還是打起精神來炒了蛋炒飯和一盤青菜，一碗玉米濃湯。

「只有這樣？」父親很失望，「如果是妳媽媽，她最少也會滷個肉什麼的……」

「爸爸，我沒有時間。」她低頭穿鞋子，「媽媽還在醫院等我。你幾時會來呢？」

「我……我不敢去。」拿起筷子的父親又哭了，「萬一茵茵在我眼前死了怎麼辦？」

湘雲幾乎要動怒起來了。媽媽到底這樣嬌養丈夫做什麼？嬌養出一個什麼都不會的大孩子！

「媽媽天天盼著你來。」湘雲忍著氣，頭也不回的出門了。

但是等媽媽情形好一點，又催促她回家看看。洗碗槽堆滿了餐具，幾乎要發霉了。洗衣機上面亂丟了許多衣服，客廳到臥室，到處都是。

幾天不在，這屋子成了廢墟。

她打掃了很久，晚歸的父親回來了，看到她怔了一下。才幾天的光景，父親已經不哭了。他滿臉愉快，帶著酒氣和香水味道。

男人恢復的速度真是快。她在心裡暗暗嘲諷著。

「……妳那是什麼眼神？」父親勃然大怒，「男人都是有應酬的，妳不知道？」

「媽媽還在盼著你去看她。」她全身都痛，怎麼，才過了六天？為什麼她覺得已經過了六年？

「囉唆！我也是要工作賺她的醫藥費啊！」憤怒的父親嘩啦啦的掃倒茶几上所有的東西，「等我工作不忙就會去醫院了啦！」

湘雲厭倦的看了他一眼，提著東西又出門了。

其實她明白，她懂。遇到這麼大的災難，她的父親一定不知道該怎麼辦才好。照顧自己一輩子的女人漸漸死去，他卻一點辦法也沒有。他害怕去面對事實，拿著工作和應酬當藉口，好逃避這個可怕的事情。

工作不足以痲痹，那就靠酒精和女人，沉溺的更深一點。

她完全明白。因為，她在身心雙重折磨下，也很想逃。但這是她唯一的母親，卻未必是父親唯一的妻子。

父親可以再娶，她卻沒辦法從另一個女人的子宮孕育。

或許有一天，她會習慣這種勞碌和折磨。但不是現在，還不是現在。

當她疲憊的一天忙過一天，她根本忘記今天是星期幾。

其翼和葉隱出現在她面前時，她幾乎呆掉了。像是看到了前世才有的安逸和溫暖……她輕呼一聲，趕緊摀住臉孔，眼淚卻已經從指縫漏了出來。

葉隱先是劈頭罵了她一頓，然後非常專橫的替她找了鐘點看護，而且完全不允許抗辯的拖著她跟秦媽媽請假。

「秦媽媽，初次見面。我姓葉，是湘雲在台中的室友。」他很有禮貌的打招呼，其翼在他背後笑咪咪的揮手，「今天是週末，請讓看護照顧妳一天，我帶湘雲去吃頓飯，讓她休息一下。」

秦媽媽愣了一下，「……但是湘雲要回去煮飯給她爸爸吃……」

「秦爸爸是健康的大人吧？」葉隱火氣一直冒上來。不到一個禮拜欸！湘雲瘦得臉上的肉都乾了，是怎樣操勞啊？他的心抽痛了，「湘雲身體可是很不結實啊！」

……湘雲的確是從鬼門關掙扎著回來的。她只顧沉溺在死亡的陰影，沒注意到這孩子不堪折磨。

「葉先生，那就拜託你了。」秦媽媽閉上眼睛。

湘雲驚愕的讓葉隱和其翼拖出醫院。「……我不能放媽媽一個人在醫院裡！」

「什麼一個人？有看護！」葉隱將她塞進車子裡，「妳看妳那是什麼鬼樣！妳是難民喔？」

「葉媽媽煮好飯了喔。」其翼滿開心的，幾年前他到葉家作過客，對葉媽媽的好手藝還有印象，「而且葉媽媽家可是很大很漂亮的……」

「喂！你們是要把我載去哪？」湘雲有些驚慌了，「你們這是綁票吧？喂！」

葉隱理都不理她，踩下油門，很瀟灑的衝向陽明山。

葉家並不是有錢人。當初會在陽明山有房子，其實是很機緣巧合的。一直都在當老師的葉家爸媽，有個學生要移民了，想起老師誇獎過他們家的風景很漂亮，就問老師要不要買下那個原本是宿舍的破小平房。

後來地價大漲，是很後來的事情了。

葉媽媽憂喜參半的出來迎接，發現兒子帶回來的不但有「女朋友」，還有「男朋友」。

雖然她認得那是老趙的小兒子……但是感情好到跟來台北會女友？這實在很離奇。

女孩子很漂亮很有氣質，男孩子很斯文很有禮貌……但為什麼是兩個？這三個孩子黏在一起講了一個晚上的話，她豎起耳朵，樓上傳來的不是笑聲哭聲，就是吵架的聲音……

他們到底是什麼關係？她身為一個開明的媽媽，但又睡不安穩。

第二天中午，他們就告辭了。留下滿腹疑雲給葉媽媽。

後來每個禮拜大兒子都回家，她很高興。但是大兒子回家，就會同時把「女朋友」和「男朋友」都帶回來。

一個月後，她終於忍不住問了。「……是哪一個？葉隱，你知道媽媽是很開明的……你不用放煙霧彈。到底是哪一個？」

「哪一個？」葉隱眼中出現迷惑，「什麼什麼哪一個？」

「你……」這讓葉媽媽好生為難，「到底是女朋友，還是男朋友？」

葉隱對媽媽翻了白眼，「媽，我不是妳需要心理輔導的學生。」而且妳不幹老師很多年了。

「到底是哪一個嘛！」葉媽媽有點生氣了。

「都不是啦！」葉隱搔搔頭，稍微解釋了一下湘雲的辛苦和其翼與他的不捨。他覺得自己已經敘述的很簡單沒有情感了，他的媽媽卻哭掉了一盒面紙。

他說過，他的老媽跟小女孩一樣。

「這根本就是『愛、希望，與勇氣』！」葉媽媽感動的抱住他，「你們都是好孩子啊～」

媽，眼淚不要亂甩，好噁心。

「告訴妳日本漫畫不要看太多。」他抱怨著將媽媽推遠點，「好啦好啦，我知道妳很感動……不要哭了啦！」

湘雲都比妳懂事成熟啊！老天……

但是有時候，他會希望湘雲不要那麼懂事。每次帶她回家，她上一秒還在說話，下一秒就睡著了，眼睛底下有著疲憊的陰影。

既不喊苦也不喊累，還不斷的說著醫院發生的笑話。但是常常做著惡夢哭著醒過來，拚命喊著媽媽媽媽，要他和其翼百般安慰，才又閉上眼睛沉沉睡去。天亮什麼都不記得。

*　　*　　*

「是哪一個？」秦媽媽臥病兩個月，每個禮拜六都會看到那兩個男生出現。今天又是禮拜六了。

「什麼哪一個？」湘雲正在叮嚀看護，疑惑的回頭望著媽媽。

「我說，哪一個是妳男朋友呢？」她含笑著，這可是她臥病這麼久，第一次有了笑容。

湘雲的臉紅了起來，「兩個都不是啦。」

「妳總是要選一個的。」秦媽媽眼底有著透澈，「別耽誤自己，和兩個人的人生。」

「就說沒有嘛～」湘雲又羞又氣，「沒那種事情！」

「秦媽媽，」其翼開口了，「湘雲不是我女朋友，但是我一輩子都會照顧她的。」

「你連自己都照顧不好了！」湘雲非常沉痛的指責。

「這就是命啦。」葉隱長長的嘆口氣，「秦媽媽，他們兩個我都會照顧一輩子的。這跟什麼男朋友女朋友一點關係都沒有。」

「我需要你這流氓照顧？我有那麼雖嘛？」湘雲叫了起來。

「跟妳說過我有正當頭路的！什麼流氓……沒禮貌！」

「你只欠條刀疤而已！」三個人又糾纏不休的拌起嘴來。

秦媽媽很仔細的看著這三個孩子，「年輕人說話越來越玄，我這老太婆聽不懂。」但是她的笑意深了許多，「不知道為什麼，我覺得放心了。」

望著湘雲，「答應我，多照顧妳爸爸一點，我真寵壞他了。」

「……嗯。我會的。」

她笑著目送湘雲他們吵著嘴出去，又等到湘雲第二天回來。星期天晚上，她就陷入昏迷中。

禮拜一中午，她病逝了。比醫生預期的時間要早了一個月。

遵照她的遺囑，照著她的天主教信仰辦了喪禮。她沒通知其翼和葉隱，一個人辦完了所有的喪事。

很奇怪，她沒掉眼淚。或許是父親哭完了所有眼淚的分量，他甚至抱著靈柩哭個不停。誰會知道，這個男人、丈夫、父親，在愛妻病篤的時候只來了三次醫院？入院一次、簽手術同意書的時候一次，再來就是愛妻過世的時候。

而他，可以這樣毫不害羞的哭，湘雲卻不能。

她麻木的遵照母親的囑咐，機械似的照顧父親的生活起居。禮拜六其翼和葉隱在醫院撲了個空，好不容易打通了她的電話，衝到她家來。

湘雲宛如一抹幽靈，悄悄的坐在陰影處。

「我想睡覺。」她的眼睛乾澀的像是要發出火苗，「葉隱，我可以去你家睡覺嗎？我在家裡睡不著。」

葉隱第一次掉了眼淚，像是代替湘雲哭一般。他扶著湘雲，讓她靠在自己肩膀上，其翼反而比較冷靜，能夠開車將他們載到葉媽媽家。

雖然他的眼淚一直堆積在心裡，並且疼痛著。

* * *

母親過世後的一個月，事後想起來，湘雲居然沒有什麼記憶。

一個月後，她收拾母親的衣物，突然不可遏止的大哭了許久許久。這遲來的眼淚反而將麻木的悲傷洗滌了。

其翼和葉隱還是每個禮拜都來看她，她實在不願意他們那麼辛苦。葉隱每次來都遊說她回台中，她不是沒有動搖……

但是母親要她好好照顧父親的。

這天，葉隱又在遊說她的時候，她抬頭，「……其實要趁年輕的時候出去跑跑。老窩在這個小島做什麼呢？」

葉隱的臉火辣了起來，他轉頭吼其翼，「你這長舌公～」

「我、我去看葉媽媽要不要我幫忙……」他馬上逃之夭夭。

「我不去上海啦。」他已經婉拒這個調職令了，但是主管要他好好考慮。

「去吧。」湘雲笑了，「將來我去上海玩，還要你導遊呢。我有你的msn啊，我們到哪不能連絡？不要為了我放棄夢想……我反而會覺得歉疚。拜託你去追尋夢想吧……」

葉隱發了很大的脾氣，和湘雲猛烈的吵了一架。後來其翼上來勸架，反而捲入戰局。三個人筋疲力盡的倒在沙發上，撫著疼痛的嗓子，忍不住笑了出來。

很久以前，剛住在一起不久，三個人火大的大吵過，氣得大家都帶著疼痛的嗓子上床，盤算過要趕緊搬家。

「上海，也沒很遠啊。」湘雲笑了。

「就算南極也不夠遠。」其翼也笑了。

只要心還聯繫在一起，冥王星也不算遠。他們是異父異母的兄妹啊。

*　*　*

葉隱去了上海，湘雲和其翼沒去送他。畢竟他還有父母弟妹，送行的感傷，他們去參與不太好。

不過湘雲保持開著msn的習慣，其翼和葉隱都保持著上線的習慣。他們透過msn，互相傳遞彼此的訊息，分享彼此的生活。

後來其翼突然決定來台北工作，白天的時候，他的msn像是留言板一樣開著。

「怎麼會突然想要出來工作？」湘雲問他，「台中也有工作啊。」

「啊……我也二十七歲了。」言下不是不惆悵，「老是靠家裡也不是辦法。葉隱都跑去上海了，我總得獨立看看呀。」

「習慣嗎？」湘雲覺得很不可思議。

「累死了，都沒空把妹。」其翼充滿牢騷，「但我會習慣的。禮拜六要不要去網咖？我下午休息。」

「去網咖幹嘛？」湘雲從來沒去過那種地方。

「很久沒上信ON了，要不要上去看看？」

「幹！」忙得焦頭爛額的葉隱插話進來，「你們兩個居然試圖拋下我自己去約會！我不依啦！」

湘雲揉了揉眼睛，還以為自己看錯了。人與人相處會互相同化嗎？為什麼葉隱會用其翼的語氣在msn發言？

「禮拜六晚上好了。」其翼認命了，「別跟我說大陸不能上信ON，自己想辦法解決。」

「也要我買得到月卡啊！」

「你用人民幣對新台幣一比一匯過來，我就幫你買月卡。」其翼很邪惡的回答。

「死娘炮！你找死啊！」葉隱的怒吼幾乎穿透了msn。

「打不到，怎麼樣？」其翼倒是挺樂的。

看他們層次很低的爭吵，湘雲嘆了口氣。「……我去幫你買。順便幫你儲值好了。」

但是這兩個男生像是都沒看到，吵得很火熱。

或許這就是他們的樂趣吧？只是她不太了解而已。「其翼，你說你住的大樓還有空套房是不是？」

「嗯啊，還是該死的貴。」其翼抱怨，「都住到紅樹林來了，這種租金叫人家怎麼活？那間是大一點，但是多一千塊欸！我還在考慮要不要換過去……」

「別換了，我想租。」她不知道是失落還是鬆了口氣，「我爸雖然沒講，不過我想我搬出去比較好一點。」

「妳好好的幹嘛搬出去？」葉隱也覺得奇怪。

「我爸要再婚了。」湘雲淡淡的說。

兩個男生瞬間安靜了下來。再婚？秦媽媽過世還沒半年吧？

湘雲自嘲的笑笑。是啊，那個抱著靈柩哭的男人，還是需要女人照顧的。能熬到快半年，很了不起了。

這樣也好……她終於自由了。

「我去當其翼的鄰居。」她開心起來，「又可以跟以前一樣去玩囉～」

「不公平！我要回台灣啦！」葉隱哀號了起來。

他們又吵又笑又叫的，直到夜深。

「好啦，明天要上班了。」其翼打了個呵欠，「晚安啦。」

「晚安。」葉隱在上海揉了揉眼睛。

「再見。」湘雲笑著關上電腦。

說再見，是因為一定會再見面。

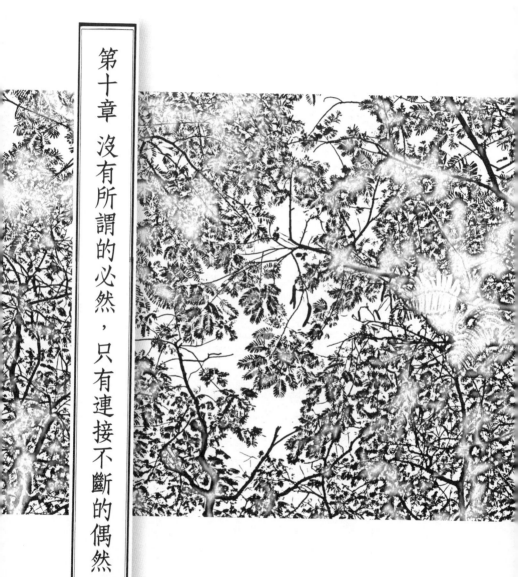

第十章 沒有所謂的必然，只有連接不斷的偶然

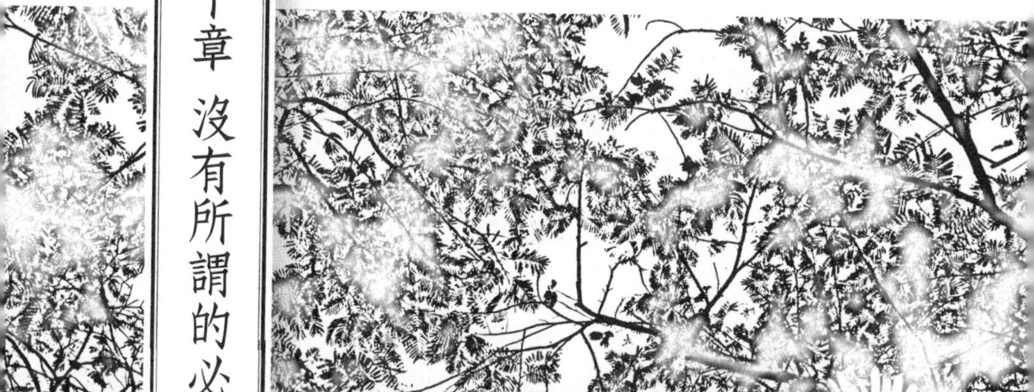

從某種形式上來說，他們還是住在一起的。

雖然說，其翼和湘雲只當了一年的鄰居，其翼就被房東叫了回去。這個懶懶散散的男生，居然在台北某家便利商店幹到店長，還因為表現優異被公司表揚。房東先生很不是滋味，這死孩子在家幫忙那麼久，只會吃吃睡睡整天玩，去別人家的店就這麼勤快！

肥水不落外人田……房東先生下了十八道金牌硬把他叫了回去。

走了其翼，沒多久，葉隱又回來了。這次他住家裡，但是幾乎每天都來接湘雲上下班。但是這次他只在台灣住了半年，又去了洛杉磯。

現實中，他們總是湊不齊，聚少離多，但不管身在何處，都盡量保持著線上相聚的生活。

他們在信ON的家是共有的。信ON有屋敷系統，可以構建自己的房屋庭院。他們合力在湘雲的帳號裡頭買了最大的地、蓋了最大的房子，甚至每個人都有自己的房間。

因為帳號幾乎是共有的，隨時都可以開湘雲的帳號去布置，所以每個人的房間都有個人的特色。

信ON帳號保密的觀念很差，幾乎好友們都共有著彼此的帳號。所以你可能要密湘雲，卻密到開她帳號做絲綢的其翼；想密葉隱，又會密到開著葉隱帳號做手套的湘雲；想密其翼，卻密到開著其翼帳號洗石頭的葉隱。

理論上，你想密的人都密到了，但是他們都不是開著自己帳號。

信ON基本上不可以開雙視窗，不過辦法是人想的。所以經過一些設定上的更動，就可以在同一台電腦開兩個視窗，用不同的帳號登入。有時候，他們三個人湊不齊，其他兩個會很大方的開了雙視窗，順便幫不在的人練功或打王。

這天，他們的分身都已經練到可以打魔獸，但是其翼去參加店長研討會不在，葉隱很自然的開了其翼的帳號，很自然的開始打王了。

打到快結束的時候，葉隱發現其翼帳號的那一個視窗被踢，不禁驚恐了起來。真該死，都快過了，難道要因為旗頭斷線前功盡棄？

（旗頭斷線視同挑戰失敗，會全體隊友強迫逃亡。）

但是畫面上的其翼居然下了指令，一臉迷惑，「這是哪裡？我在幹嘛？」

是的，信ON很人性化的允許帳號強登，所以一無所知的其翼開完會回來，很自然的登入自己帳號……發現自己居然在緊張刺激的打王現場。

「你在打可魯。」湘雲很好心的提醒他。

「看起來也是。」其翼更迷惑了，「但是我怎麼會夢遊到這裡來？」

那是因為……你的親友太貼心了，幫你開來解任務啊……

後來越來越習慣，大家開私頻聊天室的時候，打招呼時會主動說：「我是盜帳號的。」

時間在流逝，過得極快。信ON上有人加入有人離開，但是他們三個都在。虛擬拉近了距離，即使天涯，亦比鄰。

「其翼，你不是去相親？結果勒？」邊打著怪，湘雲一面問著。其翼終於心不甘情不願的承認了網路把妹的困難度仰之彌高，談了幾次現實版的戀愛，只是常常無疾而終。

急著抱孫子的房東對其翼的哥哥沒輒，腦筋動到看起來比較溫馴的其翼頭上，押著他去相親。

「講了兩次電話，看過一次電影。」他很委屈，「但是她嫌我沒有男子氣概，胳臂不能跑馬。」

誰的胳臂可以跑馬？妳說說看，妳說說看啊！眉清目秀的女孩，好端端的幹嘛迷金庸……金庸是老灰仔在迷的啦！

「幹！」葉隱火大的罵出來，「女人到底是哪根筋不對？茱麗嫌我輪廓太深，和她憧憬的東方俊秀男子不一樣！媽的～這也好算是分手理由？這算什麼？我以為美國女孩子不會那麼莫名其妙……結果全世界的女孩子好像都一樣！幹幹幹～」

湘雲下了「#安慰」的指令，螢幕上的她拍了拍葉隱的肩膀，又拍了拍其翼的肩膀。

「妳呢？還沒男朋友？」葉隱沮喪了一會兒，問了湘雲。

「風水不好，網路和現實出現的男人幾乎都是人渣。我跟人渣有什麼好談的？不朝著他們撒鹽去霉氣就很好了。」湘雲談過幾次小戀愛，但幻滅是成長的開始，她都快被這些人渣的真面目「成長」到人精的地步。

三個人一起嘆了口氣。

「我昨天算了一下，我們認識快四年了呢。」其翼有些傷心，「真悲哀，我跟你們混在一起的時間，超過我任何一任女朋友……」

「我也是。」葉隱沮喪了，「我都不敢想我今年到底幾歲了。七年級的紛紛冒出來，我跟他們待在同個職場，總覺得我快變成侏儸紀的恐龍了……」

湘雲無言，她實在不想承認自己快而立之年了。「……兩年沒見，你的頭禿了沒有？」她的部長才三十八歲，已經有地中海的雛形了。

「禿你阿罵啦！」葉隱怒了，「我的頭髮可是烏黑亮麗，一點雜毛都沒有！」

「要不要我寄罐生髮水讓你預防一下？」其翼的心情瞬間好了許多。

「趙其翼！」葉隱吼了起來，「你信不信我把你的頭扭下來扔馬桶？」

「你能隔空扭頭，我就隨便你。」其翼嘿嘿的笑。

這麼多年了……你們爭吵的層次還是這麼低，一點進步也沒有。湘雲有點頭痛的按了按額頭……然後加入激烈的戰局。

似乎每天沒這樣互相激烈的吵一吵，這天就不能結束似的。他們的友誼，搞不好就建立在這種互相怒吼的模式裡。

道了再見，湘雲關上了信ON。小套房裡的冷氣嗡嗡運轉著，卻襯托得更冷清寂靜。這種時候，她會深深懷念那個在山間冒出來的住宅區，想念他們三個人還住在一起的熱鬧。

其實，所謂的必然，不過是許多偶然所構成的。若不是受不了台北的流言，她不會跳上那列開往高雄的列車。

原本想去高雄，卻在車上驚醒時，迷迷糊糊跟著人潮下了車。等發現自己身在台中時，火車已經開走了。

這是第一個偶然。大雨滂沱中，她無奈的站在火車站不知何去何從，反正也不是非去高雄不可，不是嗎？若是要躲避流言的傷害，台中也夠遠了。

她離開了火車站，到對街的網咖避雨，無聊的翻著租屋網站。原本她是想看另一家的套房……但是那家房東請她明天再去，他們要外出。

打了下一通電話，熱情的房東還傳真了地圖過來。反正沒事情可做，她在大雨中招了計程車。

這是第二個偶然。

一個偶然接著一個偶然，她偶然的和其翼、葉隱住在一起，偶然的和他們一起在網路成為患難與共的隊友。偶然的在異鄉，得到了家鄉的溫暖。

遙遠的、山間的住宅區，夾道火紅的鳳凰樹，聲聲蟬鳴高唱。那鮮豔的花樹、高亢的夏之聲，變成她濃郁鄉愁的去處。

她好想回家。

應該有蟬鳴的寂靜夏夜，總是特別想流淚。她好想回家，好想回家。

但是其翼和葉隱不在的地方，也不成為家鄉了。

* * *

「偶然」。國語辭典的解釋是：碰巧、不其然而然。

湘雲一直相信，他們這三個孤寂的人，完全符合上述的解釋。相遇是這樣，離別，也是這樣。

只是這「偶然」構成的離別，居然這麼長、這麼長。長得像是沒有重聚的一天。

他們永遠湊不齊，但是在信ON，他們是在一起的。

這也算是一種安慰吧。

有時候，她會覺得「偶然」很殘忍，這樣蠻橫的決定人的聚散，完全沒有道理。

但是，她沒想到，「偶然」有時候也不是那麼殘忍。

在夏天快要過完的尾聲，她在台北工作滿兩年的公司，突然決定要去台中科學園區設廠。曾經在台中工作過、又沒有家累的湘雲，突然成了新廠的小主管。

「……我要去台中嗎？」她簡直不敢相信。

「妳不要去嗎？」主任有點遺憾，女孩子都不愛外調到台北以外的都市啊……

「不不不，我要去，我想去！」她跳了起來，「我要去！」

最少跟其翼同個城市不是嗎？放假的時候，她可以去找其翼玩，很痛快的踹他的椅子了！

公司很貼心的幫他們租了大樓當宿舍……而宿舍，在一家便利商店樓上。

是的，你猜中了。其翼的老爸和湘雲公司定了契約，把三樓四樓租給他們當宿舍。但是六個房間，卻有七個幹部。湘雲很自然的住到二樓的套房。

她，又跟其翼對門而居。

「……組長，妳跟陌生人一起住不太好吧？」一起調職的部屬有點不安，「還是我們跟妳換房間？」

「不、不用了！」她感動得幾乎掉下眼淚，「他是我老友，這樣很好、很好。」

「我沒很老好不好！」其翼幫她搬行李沒好氣的抗議。

重回舊居，湘雲高興的要命，但是有個房間是空的。每次看到那個空房間，湘雲就會覺得很惆悵。

或許不該要求太多……最少她和其翼又相逢了。

等搬好家，她告訴葉隱，葉隱一反常態，沒有哇哇叫。「我的房間可不要租給別人。」他只這樣淡淡的說。

「來不及了，」其翼沒好氣，「我爸租出去了。洋妞那麼好，都捨不得回台灣？」

葉隱只是嘿嘿的笑，沒說什麼。「我可要出差幾天，這幾天我不上線了，記得幫我看知行。」

出差很平常，看知行也很平常，湘雲漫應著，「什麼時候回來？」

「很快，比妳想像的快。」

的確，一個禮拜後，葉隱搬進了那個空房間，的確「很快」。

……你這個騙子。居然一點口風也不露！既然要調回台中分行當經理，為什麼一個字也不說？

葉隱被湘雲追著亂打，卻一直拚命笑。

繞了這麼大一圈，最後他們還是回到起點。「偶然」偶爾也會有慈悲的時候。

這次重聚能多久，誰也不知道。但是就像一個偶然接著一個偶然，說不定必然就會出現了。

比方說，「必然」的緣分，比方說，「必然」的再次重逢。

不過有件事情不會改變，他們依舊會出現在信ＯＮ，並且是最沉默卻最有默契的隊友。

「秦湘雲！妳給我死出來！」在某個夜晚，葉隱踹著門，「要出團了，妳還死在裡面幹嘛！」

「有沒有人權啊？」湘雲在裡面叫，「我加班到九點，剛回來還要出團？饒了我吧……」

「沒有攻擊手怎麼打大財主？妳給我滾出來！昨天我加班到十點，妳還不是硬把我從床上拖下來？」他該跟湘雲一樣有鎖門習慣的，真是後悔莫及，「別裝死！裝死是沒有用的！」

「湘雲，快來唷～」其翼溫柔的誘哄著，「我煮了餛飩湯，有沒有聞到味道？很香唷～」

「我要餛飩湯不要出團！」她用力把自己的臉埋在枕頭裡。有沒有人權？有沒有？她是辛苦的上班族，加班到七晚八晚，又餓又睏，這種鬼時候出什麼鳥團！

「不出團就沒有餛飩湯。」其翼充滿同情，「而且有葉隱看門，妳大概連泡麵都不可能。」

……她怎麼會想跟這些臭男生住在一起？她忘記這些宅男根本就沒有人權觀念！

她不要出團，但是好餓啊……

「不要再踹了。」湘雲鐵青著臉開門，「我認了……餛飩湯給我！」

傷心欲絕的，她一面吃著餛飩湯一面跟在葉隱背後跑，去打那隻該死的大財主。一個疏神，她卡進了駐屯所，好不容易把角色挖出來，隊友已經跑得無影無蹤了。

「你們在哪裡，我又在哪裡？」她緊張兮兮的掐問。兩個男生沉默了，都不想甩她。

她很哀怨的放下餛飩湯，打開地圖。這個時候，她又覺得「偶然」不是那麼慈悲了。

這是孽緣吧？她想。

其實他們都有著相同的感慨。

（三人行 完）

某個下午

文・joujou

終於做完最後一組一文彈了，鶺樂眨了眨發澀的眼睛，才發現已經時間已近黃昏，難怪藥座※昏暗得幾乎看不見。

伸手將做好的子彈遞給在旁邊等著的薰風，他卻沒有回應，直挺挺的站著，閉緊眼睛表情一臉肅穆，但是穩定而濃重的呼吸聲透露了，他其實根本就只是睡著而已。

站著也能睡著……也難怪，連打了好幾個月的仗，薰風幾乎一有時間提了槍桿就往戰場跑，一直到了筋疲力盡才回來甲府。

現在還是因為短暫的休息期間，薰風的子彈已經見底了，硬是把正在倉庫做護身符的她拖來藥座幫忙做子彈。

我就是不喜歡打仗，鶺樂幾次上了戰場，跟著陌生人一起組隊，幾乎總是不歡而散。

勝利了倒還相安無事，頂多是累了想走，卻因為連接不斷的對戰而沒辦法脫身。若是多了幾次敗場，不客氣的話都先砸在她頭上：「藥師剛剛怎麼不全體完全※！」、「藥師妳怎麼一直抖，裝太爛嗎？」

我有名有姓，不要用我的職業喊我，不會念可以問呀。

上戰場，只有親友們非常需要藥師的時候，她才肯跟著去一趟，不然她寧可窩在甲府幫親友們做子彈，天天到甲斐深山裡頭摘藥草，看著日升日落，度過平淡的每一天。

看薰風睡成這樣，鶺樂輕手輕腳的溜出藥座，匆匆忙忙去倉庫把子彈先收著，趕緊回家裡把貓車推出來，薰風還沒醒，眼睛閉得緊緊的，雖然如此，鶺樂還是掏出了安眠藥，施了點在他的人中。

然後盡力輕手輕腳的將薰風放倒在貓車※上（雖然撞到頭好幾次），小心翼翼的拖回屋子裡，蓋上了她新縫的赤色被子。

怕薰風醒了會餓，她進廚房弄了一些乾糧和茶水，擺在茶几上，一切都就緒了，該再回倉庫把護身符整理一下，親友們在戰場上的裝備也多少有損傷，該幫忙準備重

※藥座：信ON遊戲中，玩家職業為藥師的專屬生產工房，一文彈則為其製作產物。
※全體完全回復：回復隊伍同伴的所有生命力。
※信ON裡方便裝載物品運送的工具，即單輪手推車。

新縫製的材料了。

還有很多事情該做，時間不多，下一場戰爭又快要開始了，幫薰風蓋好被子就走吧，只是看到薰風睡熟的臉，有著孩子安詳的睡臉，鶺樂突然覺得有些疲倦，可能是他身上的瞌睡蟲爬到身上了吧（喂！這誰下的藥啊！），這樣近的看著薰風，看他長長的睫毛靜靜的映在臉頰上，鶺樂的眼皮越來越重，不知不覺也跟著睡著了。

當她的呼吸漸漸深沉而緩慢，長髮纏上薰風的手臂時，薰風仍舊閉著眼，笑了笑，這妮子，竟然用矇熊的安眠藥來矇他，還好他正巧醒來發現，趕緊閉了氣，不然恐怕得躺完整個休戰期。等鶺樂醒了一定要拖去道場好好的給她震撼教育一下。

只是現在……先好好的睡一場吧，他將被子分了一半到鶺樂身上，悄悄的擠到她身邊，睡吧，我們的戰鬥就是為了讓妳能夜夜安心睡著，薰風再次閉上眼睛，聽著庭院裡的櫻樹沙沙作響。

日與月的相遇

文 · joujou

日曜第一次遇到月痕的時候，他正帶著幾個初次上陣的毛頭小子練功，這群小夥子什麼都不會，只知道使盡蠻力亂砍一通，身為武士的日曜只能盡量奮戰著吸引敵人的注意，其餘的時間都擋在隊友的前方，默默承受敵人一次次的攻擊。

眼看著裝備損傷越來越嚴重，那群小夥子們也不懂得停下來歇歇，不是衝動的看見老虎路過就貿然出手攻擊，就是因為毛躁亂動，引起對方的注意。

雖然只是甲斐後山的小老虎們，輕輕咬到一口也是要他們半條命哪……

好不容易出了戰鬥，附近的猛虎們都還離他們有段距離，日曜正想換上另外一件備用的頭盔時，赫然發現頭上閃出一道金光，伴隨一句冷淡的聲音：「別動，小心燙著你的腦袋。」

說話的是個女鍛，她的聲音冰冷，臉孔被面罩覆蓋住，手底燃起鍛造師才會的金光，她以極快的速度修理完日曜的盔甲和武器，沒等日曜道謝就轉身離開了，日曜正想趨前問她名字的時候，小夥子們又引起遠處猛虎的注意，往他們身上狠狠撲來，日曜連忙架起武器擋住了利爪，一轉眼她已經不見人影了。

一樣是武田的人吧，這裡人煙罕至，只有本家人偶爾因為練功或是採集才會來這裡，日曜繼續沉默不語的帶著那群小夥子們，一直到裝備幾乎都破損為止。心裡卻一直浮現那抹嬌小的身軀，還有那冷冰冰卻帶著關心的聲音。

回到甲府，保管處的老頭看他一身狼狽，挑起眉毛把修繕費遞給他：「把裝修修吧，你現在的存款可是買不起另外一套盔甲，省著點用。」

囉唆的老頭，我的錢存多少關你啥事？日曜悶悶的接過錢，踏著沉重的步伐往修理師那兒走去，修理師還在埋頭敲打新的武器，沒空理他。

他懶得回倉庫等，便隨便坐在一旁的木箱發呆。在鍛造屋震耳欲聾的敲打聲中幾乎昏沉睡去時，突然手上被塞了一整套裝備。

「剛作的，普通的二入裝，帶小朋友的時候將就用吧。」日曜猛一抬頭，這聲音不就是剛剛那個女鍛嗎？只見她卸下了覆面頭盔，一頭長髮隨意的挽在腦後，任汗溼的瀏海貼緊臉頰，縱然如此，聲音還是冷冰冰的。

「唔……謝謝，請問多少……」錢字還沒出口，女鍛一扭頭又走遠了，累壞的日曜捧著重得要命的盔甲，別說追上，只怕捧著這堆東西猛的站起身來會閃到腰，只能巴巴的看著她嬌弱的身軀再次消失在視線中。（職業是打鐵的女人你確定很嬌弱？）

連她的名字都不知道呢……

日曜仔細的看著手上這套裝備，防一百的鬼紋，血氣都到頂了，外加靈巧二，帽子則是一直買不下手的黑韋威星盔，怎麼看都遠比他身上原來的裝備好上一大截，這叫做「普通的二入裝」？仔細看，帽子邊緣有著小小的刻痕「甲斐月痕」，鍛造師會在裝備完成時銘刻上自己的出生地和名字，只是月痕把名字藏在盔甲的角落，不仔細一點根本看不到。

所以這是出生在甲斐的月痕，嬌小卻凜冽得宛如銀白的月痕，也在日曜的心上烙下一道暖暖的痕跡。

*　*　*

第二次遇到月痕是在本家的另外一個城——松本，一群流亡的武士大量聚集在松本城門口屠城，松本位置偏僻，士兵人員不足，加上連年戰爭已經是城池空虛了，而且來犯的武士們個個裝備精實，極有可能是偽裝成流亡武士的敵國武將，松本城元氣正弱，抵禦不了幾個時辰。

代理城主連忙發信給本家的武將們，大家一接到消息就狂奔回來了，提著武器和丹藥準備要擊退敵人。

日曜是從號稱死之國的地方一路快馬加鞭衝回來的，渾身帶著泥濘，身上還冒著黃泉獨有的瘴氣。顧不得清理自己，只看到松本寺廟外的城門已經是混戰一團，他氣急敗壞的掄起龍矛就要加入戰局，「等等。」又是那個冷冷的聲音，一隻手上布滿細小傷痕的手按住了他。

遞過來的是一小包錦囊，裡頭裝了療傷藥還有一些食物，「你剛從黃泉回來，先調整一下。」日曜握著錦囊，這回才看清月痕的臉。

她烏黑的長髮隨意的散著，在信濃刺骨的寒風中漂蕩，握著三連火槍，身上的盔甲布滿了細小的傷痕卻依然晶亮，她抬起頭，鄙夷的看著那群來挑釁的武士們，表情冷漠，眼中卻燃燒著憤怒的火焰。

「光頭先生，沒記錯的話你是武士道？」

「我是武士道，日曜。」

她嘴角彎起一道淡得幾乎看不到的笑意，「加入我們的隊伍吧，殲滅來犯的敵人。」話才剛飄到耳邊，她立刻提著槍邁開步伐向流亡武士團奔去。

好強悍的女子，日曜心中暗暗讚嘆，匆匆服了療傷丹也隨著立刻加入戰局。

這是一場難忘的會戰，對方的火力和戰術強悍到很可怕的程度，即使已經明顯連戰好幾輪了，卻不顯疲態，剛開場，還沒完全恢復過來的日曜差點就在首輪的會戰中殞命，武田家人幾輪猛攻都無法擊退，反而是倉促集合的軍團們增加了不少傷兵。

「調整裝備，子彈上膛，有我擋在前面，你們放心攻擊吧。」日曜挺身站在隊友身前，悶不吭聲的咬牙挺住了第一輪的猛攻。

適時的一陣吟唱聲從身後傳出，「臨兵鬥者皆陳列在前！」這是鶺樂的聲音，日曜大喜，鶺樂雖然是主修詛咒系的藥師，但是她永遠都能盡忠職守，將守護全隊狀態和補血視為第一要務，從不多事做不必要的事情。

一道溫暖的光束環繞著日曜，讓他受傷淌血的傷口都癒合了，他掄起龍矛挺身向前站，武士就是要擋在隊友身前吃下所有的攻擊，不管是子彈或是法術還是凶猛的雙刀連擊，他都會咬牙吃下。

眼尖的月痕發現對方的陰陽在角落開始佈起了五行陣，她提起槍快速的瞄準，瞬間開了四槍，將敵人的陰陽師擊暈，「我來補刀！」接連攻擊的薰風穿過了對方武士的守護，再補上一發狙擊。

敵人的攻擊手先倒了一名！

日耀的隊伍突然士氣大振，隊上的密傳忍趁勢吹針，再次將對方的術忍擊倒在地，順利清除了對方的兩員大將，如果讓他們將法術一起施展出來，會倒的人也許是我們這方也說不定，日耀為此捏了把冷汗。

擊退了這團十分難纏的武將！場外其他奮戰中的隊伍也跟著被激勵了，在短短三天之內竟然將這群極具威脅性的流亡武士團給擊退，松本城內外恢復原有的寂靜，多了濃厚沉重的呼吸聲，疲倦的戰士們雖然累壞了，但是擊退敵人的驕傲氣氛在空氣中激昂迴盪。

此刻信濃降下了今年冬天的第一場雪，細細綿綿的初雪飄落在眾人的盔甲上，緩緩升起的日光灑在他們身上，在信濃的大地上映成一片燦爛的光芒。

＊　＊　＊

月痕，這個名字在日曜心裡揮之不去，他還捨不得將那套極好的鬼紋和頭盔穿戴起來，依舊穿著他那套破敗到連店家都不想回收的爛裝練功，偶爾在保管處那邊領裝的時候，將那套「愛的盔甲」（人家只是看你可憐吧）拿出來仔細擦拭保養，他就感到心中有股奇特的暖流，唯一的困擾就是每次領出這套裝備時，保管處的老頭總是瞅著他，臉上拉出奇怪的笑容。

偶爾在夜裡，他會想起那場戰役，美麗強悍的月痕提起三連火槍，優雅敏捷的向敵人奔去，那一發令他驚訝的四連射擊，嬌小的她竟然握的住那樣攻擊力威猛的三連槍，承受著強勁的後座力，如月光雕成的冰冷表情依舊沒變。

就在昏昏沉沉之際，日曜腦袋裡突然想到一個奇怪的地方，是的，四段射擊是砲鍛的特化技能，而鬼紋和黑韋威星盔只有鎧鍛做得出來，這……沒有雙修的道理啊！

當他在捐獻的時候又遇到了月痕，忍不住將憋了好幾天的疑問說了出來，「我轉特化了。」月痕定定的看他，像是他問了一個愚蠢至極的問題。

轉特化？才短短幾天的時間而已，月痕已經從守護人的鎧鍛變成有強大攻擊力的砲鍛了，而且轉特化的同時就要放棄原來已經學會的武藝和生產能力，所有的技能都得重新再來一次，日曜有點愣住了，也就是說他倉庫裡頭那兩件衣服是月痕最後的作品？

那……那他更捨不得把那兩件拿出來用了啊！

「那種程度的東西我還很多，轉特只是因為我想親手做出西洋傳來的鐵炮。」像是看出日曜滿肚子的疑問，月痕難得多說了幾句話，依舊是冷漠的聲音，眼見她又要走了，日曜連忙拉住了她：「妳，妳都跟野團練功嗎？要不要跟我到咱們團裡，最少多點人照應……」

月痕就這樣任日曜拉著她的衣袖，她低頭想了一下，她也不是沒有親友團，就是時間老是兜不上，她又喜歡在火爐邊研究改良，等她放下火鎚時，往往人家都已經出團練完功回來了。

多認識點人也好，她輕輕把手抽回來，「好的，請問貴團團名是……」

日曜有點不好意思：「名字有點怪，別介意，我們團是『武田亂源』。」

月痕點點頭，其實不怎麼放在心上，直到她被日曜帶進他們經常聚會的屋敷時，一向冷靜自恃的她立刻有了退團的衝動。

偌大的屋子裡鬧哄哄的，中間一堆光頭男人在推著紙牌，中間不斷夾雜著難聽的髒話，屏風後面是另外一群娘裡娘氣的小夥子，正在跳著奇怪的舞蹈，還一邊唱著什麼「督嚕嚕大大大」的，靠近偏門那裡聚了一群女孩子，個個抱著酒瓶，其中一個女孩哭花了臉，看來是失戀還怎樣的，突然娘子軍們同時扯開了喉嚨怒吼著：「男人都是騙子、禽獸、壞蛋！」哭聲、罵聲不絕於耳，這讓月痕有點頭疼。

日曜有點不好意思，雖然帶著月痕繞了一圈都打過招呼，但這些人散漫隨性慣了，也不太招呼人家，日曜只好一一介紹著：「那個贏錢贏特別多的傢伙有個洋名，叫克勞德，那個一直輸錢的和尚是炭王，另外那個，」他指著跳舞跳到剩一條兜襠布的白髮忍者：「瑤光，老是這樣瘋瘋癲癲的。」

日曜使眼色，介紹了那個哭得厲害的女孩，「她是玉棉，她看男人的眼光一直很差，所以又失戀了，她們罵男人正起勁，我可不敢靠過去。」

月痕突然感到好笑了起來，這些人其實都很面熟，都在戰場上遇過，而且這些人的名號更是響亮，戰功榜上經常會出現他們的名字，武田家的主力戰隊之一，敵國的精銳部隊也直接點名了他們是可敬的對手，若是武田戰場少了他們，不知道會艱辛多少倍，原本以為是紀律嚴謹的團隊，沒想到下了戰場，竟然全部都是這副德性。

她想起現在所謂的親友團，因為她總是窩在火爐邊，老是錯過了和大家解任務的時機，進度完全追不上，她不在意，可是親友們非常的不能諒解。

月痕不會忘記，當他們進入了最難的領域——天之雲嶺時，親友們穿著月痕精心打造改良的裝備，冷冷的對她說：「妳別老是不練功，這樣會拖累到大家進度，難不成要從頭幫妳一個人嗎？」

「你們任務的進度……到哪裡了？」月痕試探性的問著。

「進度？」日曜瞪大眼睛，有點不好意思的搔搔他亮到會反光的腦袋：「我們的進度都只到新的技能書而已欸，沒辦法，我們這群人都是這樣散漫，呃……」

出乎日曜的意料之外，笑容從月痕的臉上綻放開來，「沒關係，這樣很好。」

「以後我可以常來嗎？」

「歡迎啊，」那群女生邊罵著男人，耳朵也沒閒著，團裡的大姐靜舞起身，親熱的拉著月痕的手：「別光顧著跟日曜說話，來這裡，我們姐妹們一起談談心。」

櫻川家的姐妹們拱著月痕，將月痕迎進那群可怕的女生聚會裡頭，「這些可怕的女人，希望月痕別被她們帶壞了……」日曜一個人被扔在走廊上萬般無奈的嘟囔著……

*　　*　　*

自從認識了武田亂源，月痕多了不少笑容。（姑且不論是開懷的笑還是苦笑。）

這群人不知道該說是沒心機還是愚蠢，什麼事情都可以搞得亂烘烘的，像現在，她手上被硬塞了兩個護身符、三個袋子、四條項鍊、兩條腰帶，還有一大堆亂七八糟的子彈和作槍非常需要的產物，全堆在她手上捧成一座小山。

她不過是把用不到的產物送給櫻川家姊妹而已……

「妳這樣不行，雖然說錢財乃是身外之物，該拿的成本還是要拿，妳看日曜窮成那副德行，只好成天蹲在樹林裡砍柴，盔甲上的洞多到可以撒網捕魚了還沒錢換。」

櫻川家的小妹吹雪一本正經的交代著，剛從城外回來，身上背著一大捆鳳尾竹的日曜黯淡的蹲在倉庫外頭畫圈，連自家人都笑他窮，躺著也會中槍，這是什麼道理。

「日曜，你還蹲在那裡幹嘛，快過來領你的新袋子。」饒是吹雪眼尖，瞧見了外頭有奇異的反光，眼睛一轉就看見了日曜那光禿禿的腦袋沮喪的垂著。

日曜把鳳尾竹胡亂塞給了專收雜物的御藏番，悶不吭聲的接過袋子，吹雪還不放過他：「連這個袋子算進去，你一共欠我十五萬貫啦，不收下的話馬上還錢給我，本姑娘去美濃顧店了。」一扭腰，吹雪就真的像一場華麗的驟雪般飛去了。

「靠北！這個死奸商！」日曜氣得跳腳，卻還是等到吹雪跑遠了才敢小聲的罵著。「幹嘛每次都塞這麼好的東西給我！買不起就叫我欠著，我就算砍三十年的柴都還不起欸，要我啊！」

欸欸？不收下就還錢？剛剛講那一大篇什麼「該拿的成本」、「不能白白給人家東西」的論調是說著消遣我的嗎？月痕心裡又好笑了起來。

他們練功也很隨性，有次月痕在聚會的屋子裡研究著新的三連火槍圖，有個環節怎樣都弄不懂，耗了她一下午，結果這群人從吃完午飯就嚷著要去海神宮練功，嚷到晚餐時間了，他們還在滿屋子抓不知道誰從一乘谷帶回來一大籮筐的松葉蟹。

茫然的月痕看著螃蟹們列隊路過她的設計圖，身後又傳出馬騙子被螃蟹夾了腳趾的慘叫聲，她忍不住放聲大笑，從暗袋裡掏出一疊平常用來防身的手裡劍，一手一個，將滿地亂爬的螃蟹釘在地上。「對喔！還有這招！」這群呆子們紛紛拿出手邊的武器將四處亂竄的螃蟹們打量，還有人抄起折凳就準備扔出去。

「欸欸欸！死阿民住手！砸爛了我們晚上吃什麼！」

「我要把這些王八砸爛了做燒賣！」

「這是螃蟹不是王八啦！別鬧了，去買酒回來配啦！」

「厚！為什麼又是我去買！」

「年紀最小就是要跑腿啊！不准有怨言！」

「……」

*　*　*

沒有打仗的日子就是這樣鬧烘烘的，不知不覺，月痕冷漠的心漸漸融化了，她開始加入抱著酒瓶的行列，慢慢啜飲著吹雪從美濃帶回來的美野白菊，聽著女孩們的感情故事，一起打抱不平。

愛情真的是那麼美好的事情嗎？不然為什麼女孩們總是遍體鱗傷之後很快又振作起來，然後又投入下一場的戀情呢？

「別把我算進去！」鶺樂酒量好歸好，喝了一下午也該有幾分醉意了，她鼓著腮幫子抗議著：「我的護身符都是武田亂源的！妳們這些姊妹才是我的最愛，野男人？哼！」

「那妳怎麼老只幫薰風做子彈？我們的份就推著說懶惰好累改天做？」路過的末日冷冷的丟了一句，把鶺樂堵到說不出話來。

對了，末日也是炮鍛哪……帶著三分酒意，月痕想起來該將昨天剛做好的槍讓末日看看。

論作槍，末日的經驗比她豐富得多，有個人可以討論也許會有意外的收穫。而且不知道為什麼，這把她改良了一點零件的三連槍在擊發的瞬間總是不太順……「看槍？可以啊，在這裡等妳？好……欸，不對，妳別留我一個在這裡啊！這群女人喝瘋了，我會有生命危險啊，欸！」

月痕沒注意到身後的末日被害羞轉生氣的鷀樂下了內鬼門，血氣狂扣的哀號著，又被櫻川吹雪的一喝定住身動彈不得，玉棉、靜舞、雨煙等一票娘子軍們抱著胳臂圍著他開始三娘教子，皮薄嫩肉的末日看來今天真的要成為他的末日了。

在倉庫領出三連火槍，月痕突然被叫住，她聽到聲音愣了愣，表情瞬間蒙上了一層雪霜。

「月，怎麼一陣子不見，妳就瞞著我們轉特化？」叫住月痕的是之前的親友，經常號召大家一起練功的天之傲氣。他細長的眉毛皺了起來，對月痕的決定，直接了當的表達出不滿。

傲氣是個擁有眾多式神的召喚陰陽師，一般的陰陽師通常喜歡獨善其身，不太與人打交道，傲氣不同，他喜歡大家為了同一個目標奮鬥、努力，所以經常辦了聚會要凝結大家的向心力。

「可是你們的聚會讓我很疲憊……」月痕心想著。每週的聚會，她總是交出了新的裝備之後就會開始被數落，任務進度落後，向心力不足什麼的，說教完畢接下來就是精神喊話，大家會互相乾杯，勉勵著彼此，下次一定要讓本團人創下討取敵人大將之類的宏大願望。

然後傲氣還編了一首歌，像是要激勵士氣似的，還特地帶著大家跑到駿河的海邊對著碼頭上的旅客大聲唱著，這些事情月痕總是藉故溜掉，但又偏偏引起傲氣的不滿。

「月，妳別忘了，當初妳什麼都不會的時候，是我一路辛苦把妳帶大的。」傲氣細長的眉毛糾結在一起，冰冷纖長的手按住了月痕的手腕，「妳忘了嗎？當妳需要炭，為妳辛苦蒐集材料的人是誰？是我。」

「當妳需要進入叢雲堂，為妳辛辛苦苦找人解任務的人是誰？是我。」

「當妳想作第一把刀的時候，提供妳意見的人是誰？還是我……」

「妳現在翅膀硬了，就不聽我的話了……」傲氣輕輕抓住了月痕的手腕：「妳明知道我們需要鎧鍛，妳怎麼能這麼自私呢？」

是，都是我不該接受你的幫忙，誰會知道當初無知的接受了一點恩情，接下來就是永無止盡的被索償呢？月痕鐵青著臉，想把手抽走，傲氣卻使上了力，不讓她掙脫。

「哪裡來的死娘炮！給林北放手！」隨著一聲暴喝，一道金色光影強力飛撲而來，將傲氣撞飛到空中轉了三圈半，最後撞上倉庫的牆壁緩緩的滑下來。

日曜身上又背滿了帶著金光的鳳尾竹，一走進倉庫就看到月痕被人欺負，一時心急就使出了力道飛撞上去，顧不得一大捆柴還在肩上壓著，顧不得傲氣還趴在牆邊抽搐，日曜心疼的拉起月痕的手輕輕的握著。

「喲，這不是武田亂源的光頭武士先生嗎？」傲氣灰頭土臉的站了起來，看見這一幕不由得咬牙切齒的酸著：「原來是被男人拐了啊……難怪我家月痕這麼久都不見人影……」

「什麼被男人拐？你講話可不可以不要這麼娘啊？很像人妖欸！」什麼？人妖？眼前這個粗魯無禮的死光頭竟然說他是人妖！傲氣火到臉都發青了。

「你嘴巴放乾淨點！死光頭！」

「你手腳才放乾淨點咧！死變態！」

氣到快失去理智的天之傲氣掏出一把咒符，想召喚出式神給日曜一點顏色瞧瞧，卻被警衛大喝聲阻止：**『你是哪裡來的人！鬼鬼祟祟的，就算被殺了也不能有怨言！』**

傲氣怒得哇哇亂叫，一把將咒符撒在地上，瞬間喚出一堆小鬼式神，他滿臉怒氣的一倒，任由式神胡亂將他抬走，還不忘放話：「有本事戰場見！月痕，」他還不忘交代著：「妳早點回家吧，我們都在等妳追上來呢，嗯？」

有必要這麼華麗的退場嗎？日曜還真是第一次看到這種陣仗。目瞪口呆之餘，才發現月痕一直緊緊握住他的手。

＊　＊　＊

和平的日子總是不長久，川中島終於又開戰了，月痕提著槍，戴上覆面頭盔，第一時間就要往戰場衝去，但靜舞攔住了她，「等等，大家一起去吧。」

等？可是戰場告急啊……

鶺樂伸了個大懶腰，慢條斯理的起身，「嗯，等我，我也去。」隨即背起了一個超級大包袱，倚在走廊邊慢吞吞的穿著靜舞他老公足八小三郎編的超高級草鞋（編鞋者堅持的稱呼），真是毫無危機感的一群人。

可是當等到他們走出家門的時候，突然全部的人都抖擻起來，俐落的往寄合所領旗，迅速的往戰場前進，在開陣前竟然全部人員都集合完了。

只見鶺樂將包袱巾打開，裡頭裝滿了山菜飯糰，她好整以暇的坐下來，竟然開始……倒茶？

「妳們加油，我精神與各位同在。」

日曜隨手撈了兩個飯糰，順便遞給月痕一個：「別理她，脾氣就是這麼怪，寧願跋山涉水深入敵陣送我們訂製的護身符，也不肯花點時間爭取戰功。」

月痕愣愣的跟著日曜跑，她想不透，為什麼鶺樂可以這麼任性？當武田亂源所有的人都為國家捨生忘死的時候，她大姑娘有本事笑咪咪的吃著飯糰晒太陽、毫不在意的打飽嗝？

「她愛幹嘛就幹嘛？這有什麼不好？」日曜回答得理所當然，「欸，妳不想上戰場就不要勉強欸，這一仗看起來會打很久。」

「不，我想打，」看看武田亂源的夥伴們，一開始就自然而然當她是自家人的夥伴們，能跟你們一起上戰場，我非常榮幸。她沒有說出口，可是心裡有種久違的快樂慢慢浮現上來。

意料之外，第一場戰役在九天之內結束，不是因為戰果太多，而是她們運氣特別好，竟然讓敵大將謙信大人敗走，克勞德的名字頓時傳遍戰場，而初初加入亂源的第一戰就立了這樣的大功，月痕覺得有點暈眩。

而在一片道賀聲中，臉色慘白的天之傲氣飛奔到敵本陣，親眼看見月痕就在討取謙信的隊伍之中，他恭賀著月痕：「風往哪邊吹，草往哪邊擺，還真是受教了，恭喜小月，加入最強的武田亂源，第一回取陣就討取敵大將啊！」說是恭賀，不如說是譏諷，月痕的臉完全沒有勝利的喜悅，只剩下和信濃的風一樣冷冽的表情。

「靠！又是你這個死人妖喔！」聽到這個聲音，傲氣心裡驚了一下，他恨恨的轉過頭挺起胸，準備要跟那個該死的光頭比一比氣勢，只見日曜一身金光燦爛的盔甲刺得他睜不開眼，再定睛一瞧，全亂源的人幾乎都到齊了（而且手上都被鶣樂塞了飯糰。）

「你哪位啊？」

「幹嘛酸我們家小月？」

「有意見嗎？我們也是規規矩矩的攻擊喔。」

「小月愛做啥就做啥，你管不著。」

全部的女生扠起腰來七嘴八舌的，誰也不放過傲氣，傲氣根本沒有反駁的餘地，氣得牙齒嗑嗑作響，最後暴怒一吼：「你們武田亂源真的欺人太甚！搶我家女人就算了，還要跟我作對！為了武田好，我誓死要殲滅你們！」

後來武田戰場上就再也沒見過天之傲氣了，據說他投奔另外一個敵國陣營，一直企圖說服該國攻打武田，可惜國家政策實在不是他一個外國人可以干預的，所以亂源到現在為止還是沒機會跟他交鋒，偶爾午夜夢迴想到時，還真有點可惜呢。

＊　＊　＊

現在的月痕，已經不是當初宛如殘缺的月亮，冷得像是刀鋒的月痕了，她像是十六的月亮般溫潤，充滿笑容，最重要的是，她每天都很快樂。

可以毫無顧忌的做自己喜歡的事情，這令她更加沉醉蹲在火爐前面，不停的研發改良，加上亂源的姊妹們總是塞給她很多奇奇怪怪的材料，當她洗出一把攻一百八十並且待時較短的極品三連火槍時，她感動得幾乎落淚。

這就是她轉特炮鍛一直想達到的目標。

目標達到了，這把槍就送給亂源裡的夥伴吧，該是轉特回鎧鍛的時候了。

不只是武田亂源，每個團隊總是攻擊手太多，而盾役太少，畢竟她是個女子，攻擊力總是比男人弱了一截，若是回去當盾役，這些缺點完全可以靠自己打造的裝備補強。

日曜聽到她這樣說的時候睜大了眼睛，「妳不喜歡當炮鍛嗎？」月痕搖搖頭，「我這段時間很愉快，但是我知道亂源缺的是鎧鍛而不是炮鍛。」

「而且你們的盔甲壞得快，得要有個人作裝給你們吧……」「不需要！」話還沒說完就被日曜給打斷。

「妳喜歡做什麼就做什麼，別事事以團的利益為優先，」日曜垂下腦袋：「我是武士，站在隊友身前擋住所有的攻擊是我的天職，如果妳回復成鎧鍛，那就變成妳幫我擋子彈了，哪有男人讓女人擋在前面的道理……」日曜越說聲音越小，臉上的紅暈已經紅到後腦勺去了：「妳別管我說啥，妳做妳自己就好了。」

月痕看著他光禿禿的腦袋，心裡流過了一絲暖意，她其實也是喜歡守護著別人的，與其讓別人受傷，她寧願流血的是自己，但身為攻擊手的人所能回報的，就是用最快的動作將敵人清除。

這樣彼此信任的夥伴關係，不就是她一直想要追求的嗎？

月痕將三連火槍放回保管處，當一個稱職的攻擊手，這是她所能給日曜的回報。只是在倉庫總會遇到意想不到的人，一聲又驚又喜的聲音突然傳來：「月痕姊姊！」一個身影修長的忍者從倉外飛奔而入，完全無視日曜的存在，一把將月痕抱住，還親暱的將月痕按進懷裡。

日曜當場傻住，光天化日之下，這個不知道哪裡來的傢伙竟公然對他的月痕動手動腳，（等一下，誰是你的月痕？）更可惡的是，月痕竟然沒有推開，還抬頭給了那傢伙一個燦爛的微笑。

「這麼久不見，去了哪裡？」月痕還倚在那傢伙的懷中，順手整了整他的衣襟。

那傢伙扯下了覆面，可惡，竟然是個容貌絕美的美少年！日曜被冷落在一旁，尷尬的不知道該打招呼還是該先行離去。

不過他多慮了，少年完全無視日曜的存在，自顧自的拉著月痕的手說話，「我前一陣子生了病，在家裡休養嘛，這兩天回來卻怎樣也找不到妳，傲氣他們說妳被野男人拐走了！」少年滿腹委屈的撒嬌著。

原來是傲氣團的，他們那團的人怎麼都是一些死娘炮啊！「野男人」日曜在一旁腹誹著。

「妳說，妳有沒有想我。」

「沒有，」月痕笑笑著說，語氣中帶著一絲寵溺，「我這陣子都在專心生產，沒時間想誰。」

「討厭啦，妳說謊……不過做了什麼？有新的小刀嗎？」月痕點點頭，向保管處要了存著的小刀們，「看看有沒有你需要的，沒有的話我再幫你做。」可惡！把你的鹹豬手拿開！

看著他們親暱的樣子，日曜覺得自己的胸膛被一種很悶的情緒充塞著，「小月，我先回去了……」他虛弱的留下這句話，黯淡的逕自離開了。

＊　＊　＊

「美少年是種可恨的東西！」

「對！就算是美少年，一樣還是男人，照例是騙子禽獸壞蛋！」那群女人這回泡了茶，吃著外出學藝剛回團的美月親手做的點心，七嘴八舌的「安慰」著日曜。

「那我也是騙子禽獸壞蛋喔……」日曜呆呆的望著庭院，都是他不好，不該跟她們打聽那個美少年的來歷，還沒打聽到什麼，反而被數落成禽獸騙子壞蛋的一員。

「日曜不一樣，你是咱們姊妹啊。」玉棉笑嘻嘻的敷衍他，最好是有這種體格魁梧又是大光頭的姊妹啦，日曜氣悶著把茶一飲而盡。

靜舞側頭想了想，「月痕好像有提過這個人，說她在傲氣團裡有個弟弟，好像叫做影君吧。」

「對呀，不過我一直覺得很怪，她提到的口氣完全不像是講到弟弟，反而像講到情人一樣，語氣都不太一樣欸！」日曜覺得自己心口好像被雨煙捅了一刀。

「難道是姐弟戀！莫非是不能說的祕密？」美月托著腮眼神迷濛了起來。

「沒那回事，」被八卦中的主角月痕突然出聲，讓大家嚇了一大跳。「就只是個熟朋友，認識久了點，動作比較親密一點而已。」

女生們妳看我，我看妳，全都心有靈犀的笑了出來。「熟朋友可以這麼親密，可以牽手和抱抱喔，那……我們也要！」還沒等月痕反應過來，大家全部都撲向月痕，不理會她的驚叫聲瞬間抱成一大團。

「啊啊！誰壓到我的胸部了！」

「欸欸！我的裙子被踩到了，我要跌倒啦！」笑聲和尖叫聲不停，推擠之間月痕的胸口就這樣壓上了日曜的背。

這這這這種觸感，透過軟胸甲傳來的那個軟軟的觸感……日曜瞬間漲紅了臉，連忙跳開來，跑百米似的衝出了屋敷，冷靜！我要冷靜！

他一路衝到精進湖準備要跳下去，讓冰冷的湖水醒醒腦，卻一腳踩到了正在做日光浴的碧蛇，暴怒的碧蛇氣得反咬他一口，日曜竟然徒手和被稱為精進湖守護神的碧蛇打成了一團。

「欸……要幫忙嗎？」一旁採集著的陰陽師、忍者和僧侶們好心的問著，日曜內心的風暴聲太大，以至於他完全聽不到別的聲音，把碧蛇打得奄奄一息之後，又轉頭狂衝跳進湖水裡。

湖邊採集的人全部停下動作看著這個瘋子，直到有人出了聲：「欸……他下去就沒浮上來了，該不會是……跳湖自殺？」

「不至於吧，這湖最深處也不過腰，那光頭人高馬大的，不至於溺死吧……」

「……要救他嗎。」眾人紛紛的小聲議論著。

蹲在湖邊角落的忍者阿讓默默掏出面巾把臉矇上，太丟臉了，他實在不想跟日曜相認。

＊　　＊　　＊

一反往常的散漫，日曜突然非常積極的專注於出團練功，如果亂源沒有團練，他就到稻葉山找野團，每天都累到一回到屋敷就是倒下睡覺。

月痕蹲在甲府火爐前的時間也減少了，那個叫做影君的少年回來之後，經常會到火爐邊拉她一起出團，月痕拗不過他，最後總是放下火錘，穿起了盾裝，和傲氣團的人到那些罕有人跡的地方練功，而且一去就是好幾天沒回來。

眾家姊妹們照舊一到下午就圍著喝茶，但心裡總是覺得有點空洞，那兩個人不知道在彆扭什麼，明眼人都瞧得出來他們兩個看對眼了，只是拖拖拉拉的，眼看再推一把就可以成定局了，沒想到半路殺出個超美型程咬金，實在是氣煞人也。

就算論美貌度日曜比不上人家，好歹也是胳臂可以跑馬，有著威武光頭的超級硬漢啊！（雖然硬漢這年頭實在不太流行。）最重要的是，男女主角全跑了，這樣就沒有新的進度可以看了啊！

「沒有八卦可以聊的話，我不想做生產，也不想練功……」鶺樂軟綿綿的癱在桌邊，頹喪的要命，這回連薰風拿了大薄皮豆沙年糕誘惑她做護身符都失敗了，她寧願懶在屋敷發呆。

「我也是……」玉棉無聊到數著榻榻米的格子，一邊抱怨著：「每次都是我鬧笑話給妳們瞧，這回總算輪到我瞧別人熱鬧，可是這下該不會沒戲唱了吧……」

說著，眾姊妹們還同時嘆了氣。

日曜在隔層薄薄拉門的房間睡得很不安穩，這些女人……竟然把別人的煩惱當成閒嗑牙的話題了！他拉起薄被，將自己的腦袋包得結結實實的，拜託講人家八卦也別講得那麼大聲，讓我好好睡吧！

蒙著頭，腦袋裡還是一直浮現出月痕對著那個死小鬼的笑容，那是他從來沒見過的溫柔表情，帶著寵溺的溫柔表情……

可惡，為什麼月痕不是這樣對著我笑！一想到這裡，日曜覺得胸口悶到快要爆炸了，可是這種情緒太陌生，日曜實在是完全不知所措。

一定是我不夠累，才會一直想到這些事情，可惡！

翻來覆去心情越來越差，日曜忍不住跳起來翻箱倒櫃，終於找到上次女生們沒喝完的殘酒，他一把抓起酒瓶，就著瓶口便喝了起來。用力喝吧，喝醉了好睡，就不會胡思亂想了吧？明天醒來就再去稻葉山找團吧。

奇怪……雖然喝起來很香很甜，但總覺得有點怪怪的，美野白菊是這種味道嗎？不過日曜本身不常喝酒，便沒放心上，咕嚕嚕的灌下大半瓶之後就放心的倒頭睡去了。

但當他睡得正酣時卻被女孩的尖叫聲吵醒，日曜迷迷糊糊嘟囔著：「什麼事？吵死人了。」

只聽到雨煙聲音顫抖：「日曜……你是不是把收在櫃子裡的那瓶美野白菊給喝了！」

「妳們要喝喔？不好意思，我明天回來的時候買一瓶回來賠妳們好了……」鶺樂白著臉連忙擺手：「不是那個問題，只是那個瓶子裡面不是酒，是加了冷命丹和化了一些劇藥丹在裡頭的毒水，我們想要試試冶煉新的毒藥說……」

日曜臉色瞬間也刷白了，聲音發抖的問著：「那我剛剛喝的是……」

女孩們一致點頭：「對，綜合毒藥……」

日曜瞬間清醒，跳起來衝到院子開始狂吐，接著上吐下瀉了一整天，直到快把膽汁吐出來還停不下來，還連發了三天的高燒，整個人瘦了一大圈，連站都站不住，躺在棉被裡不停發抖，最後是足八小三郎提供了他家祖傳的解毒祕方，這才把日曜的小命救回來。

這些女人，連弄個毒藥都有效持久，而且還香香甜甜的很好喝，真不愧是亂源的專業藥師，專做這些謀財害命、殺人於無形，外出旅行居家必備的好藥。

* * *

日曜被毒得差點沒命的這幾天，月痕都沒有回來，他心裡失落得不得了，呆呆的坐在庭院裡晒太陽，沮喪得像是即將枯萎的盆栽一樣。

身體雖然康復了，但是心卻有如荒蕪的曠野一樣，冷颼颼的。

他愣愣的想著，雖然還有點虛弱，身子也輕減了些，但應該可以出團了吧，出團出到累死就不會一直想著月痕，而且在屋敷裡，不知道什麼時候真的被那些女人毒死……

像是看穿了他的心思，難得出門的大姊靜舞竟然穿上了武士裝站到他的面前，而且不只靜舞，亂源的女生們竟然全部穿戴整齊等著日曜。

「躺這麼多天，你也該悶壞了，一起去扶桑之森活動活動筋骨吧。」日曜張大嘴巴呆滯的看著這群懶斷骨頭的女人們。

「現在就差你一個了，穿上盔甲吧。」吹雪和美月吃力的拖著他的鬼紋和黑韋威星盔，一把塞進他手裡。

「算你榮幸，亂源的娘子軍們全體出動陪你練功去。」玉棉難得穿上她珍藏的御神舞裝束，背後的小翅膀隨著微風一搧一搧的煞是可愛。

這種組合，會打得很慢吧。不過這些女人除了下毒和八卦別人之外，還挺貼心的嘛，日曜裝備了盔甲和武器，心裡感動得不得了，穿戴完畢之後，久違的奕奕神采又在他身上閃耀著。

到了扶桑之森的入口，他心口砰的跳了好大一下。那個熟悉的身影不正是他朝思暮想的月痕嗎？

她也瘦了，一個人站在小山丘上，就像日曜第一次見到她一樣，身影孤傲。她冷著臉望向遙遠的海邊，提著那把心愛的三連火槍，長髮在攝津和泉的海風吹拂成一泉黑色的飛瀑。

她在等人吧，該不該上前打聲招呼？日曜四處張望，卻沒瞧見傲氣團的人，月痕就在不遠的前方，明明想見她想得要死（還真的差點死掉），可是真的看到她的時候，日曜又躊躇了起來。

「他們站那麼遠做啥？還一個看東，一個看西。」娘子軍們慢吞吞的在遠處邊散步邊吃著茶店買來的糯米丸子，「枉費我們走這麼慢，不好好把握一下獨處的時間，在那邊發什麼愣欸！」

日曜調整了紊亂的呼吸，握住拳頭，提起勇氣走向小丘：「月痕……」

「姊姊！」日曜的聲音隨即被另一聲雀躍的聲音蓋過，該死！又是那個娘炮團的死小鬼吧！他恨恨的看著那個全身黑衣的少年忍者又一把抱住月痕，親暱的環著她的肩……

「我剛剛要找妳出團呢，沒想到妳就在這裡，太好了！妳的盾裝呢？趕快去拿吧，剛好盾鍛我們還沒找著……」

月痕輕輕的推開了影君：「你們去吧，我已經跟團了。」

「欸？」影君愣了一下，「不管，妳叫他們重新找人吧，我就是要妳陪我嘛！」

月痕搖搖頭，露出淺淺的微笑：「我先答應他們了，而且他們需要攻擊手。」

影君有點生氣和不解，月痕從來沒拒絕過他的要求，而他一直很享受月痕對他的寵溺，也很放心的對她撒嬌，他們之間有著長期相處培養的默契，還有他最喜歡的，若有似無的曖昧，這些他一直都很享受。

月痕是姊姊，跟那些牽個手就要他負責的女孩子不一樣，總是靜靜的包容他所有的任性，可是，那個疼愛他的月痕姊姊竟然推開他了！

月痕依舊是淡然一笑：「我也陪了你和傲氣他們這麼多天了，現在讓我自由吧。」

她轉頭看見了偷偷摸摸藏在遠處小林子裡的亂源家姊妹們，還有小山丘下發呆的日曜，她露出如水般溫潤的笑容，向著亂源家的夥伴們招手。

* * *

「我不欠他們什麼了，該過的王都幫他們推過，也更新了他們的裝備，我想通了，就算是恩情再重也不該綁住別人的身與心哪。」

「何況都是些輕鬆順手就可以完成的人情，他們也好掛在嘴上說那麼久。」女孩子們義憤填膺的補了這句。

月痕難得說了這麼多話，誰叫她這些天都不在，姊妹們威脅她得報告在傲氣團這麼多天做了什麼事，不乖乖招來就要她把桌上的酒喝光。

她早聽說日曜的慘狀，多少也會害怕她們拿錯了毒藥混在酒裡頭，只得乖乖把心裡話全部招供。

「那個叫影君的傢伙呢？」

「看妳們那樣不是普通的姐弟關係吧！從實招來！」

月痕有點尷尬的笑了笑，感情這種事情她一向不習慣對別人傾訴，影君和她同期被招入了傲氣團，雖然年紀差了一截，但兩個人頗聊得來，而且她們眉目之間有幾分相似，有時看著他會有如鏡影的錯覺，不自覺的會多關心他些。

她一開始就對影君毫無防心，所以當影君吻她的時候，她以為那就是愛情，但在那一吻之後，影君還是跟許多的女孩打打鬧鬧，甚至和眾多女孩保持著曖昧，這和她理解的「愛情」似乎不太一樣，她想了很久，決定要好好確認影君的心思，卻看他一臉無辜的搖頭：「那是意外啦，我一直都當妳是最好的姊姊。」

這個答案讓月痕的心很沉重，她這些年來讓心一直沉寂著，全心投入在生產之中，就是因為看過太多人為了感情遍體鱗傷，看著女孩們哭哭笑笑，她知道自己討厭那種失控的感覺，於是一直讓心保持在平靜的狀態。

但那個男孩勾起了她心中那方被遺忘的溫柔，卻又奢侈揮霍著她的包容和情感，其實她真的不知道怎麼面對，只是避掉了之後影君有意無意製造的「意外」，盡量用冷淡的態度面對所有的人。直到他突然消失了好一陣子才鬆了口氣。

「男人都是騙子禽獸壞蛋，這話還真不假。」月痕笑笑的喝著自己帶來的異國葡萄酒。

「哪有……明明女人才是騙子！」窩在火爐邊烤地瓜，屋子裡唯一的男人翠山微弱的抗議著，卻完全沒人理他。

「哼，越漂亮的人越會騙人，還好我不是漂亮的人！嘿嘿！」雨煙喝得多些，講話也大聲了起來。

月痕沒說出口的是，還好遇到了日曜，遇到了妳們，不然我還不知道要多久才知道自在與快樂的滋味。

她想到那天在扶桑之森入口的日曜，一和她視線對上，眼睛瞬間都有了光芒，她喜歡那樣的眼神，那種見到她的時候，真切湧出了一眼就能望穿的歡喜，這讓她心頭感到暖意。

＊　＊　＊

勤奮練功這種事情果然跟亂源的人沒啥關係，他們依舊是有仗就打，沒仗打就窩在屋敷裡面搞生產喝酒推牌，有時一時興起，大夥胡湊成一團的時候會去推個王什麼的，國仇家恨與他們完全無關，他們只是喜歡這個地方，守護著這個地方，也守護著亂源裡的家人們。

偶爾需要獨處的時候，就窩回自己的小屋子裡，看看書，靜靜的彈著三味線。

月痕在曲折的巷弄裡散步著，遠遠聽到笛聲，便往那座僻靜的院落走去，意外瞧見吹奏者竟然是那個粗手粗腳的日曜。

雖然是個大老粗，技巧也不是很好，但是吹出的笛聲很直率，很溫柔，若音樂可以表現出演奏者的內心，那日曜的確是個表裡如一的男人。

月痕靜靜的聽著，直到日曜演奏完一曲，他閉著眼睛緩緩將笛子放下，舒了一口氣。

他慢慢的睜開眼睛，竟然看見月痕倚在門口臉上掛著淡淡的微笑。糟糕了！剛剛那個很拙劣的樂曲竟然被她聽到了，這實在是太害羞了啦！日曜慌亂之際不知道該把笛子往哪裡藏，大光頭一下子又急出了滿頭汗。

看到日曜慌張成這樣，月痕忍不住嗤一聲的笑了出來，「我正好路過，你的笛吹得很好聽，所以我停了下來……不介意吧？」日曜說不出話來，愣愣的直搔頭。

「不請我進來坐坐？」日曜又直直的猛點頭。

這個傻大個……月痕欠身坐到日曜的身邊，長廊吹來徐徐的風，柔得有些醉人，兩個人在長廊下不自覺的並肩坐在一起了。

「你願意再吹奏一首嗎？」月痕打破了沉默，「為我。」

日曜慌慌張張拿起笛子湊近嘴邊，卻想不出來要吹奏哪一曲，該死，他會的曲子不多，現在腦袋一亂，什麼曲子都想不出來。

月痕卻伸手取過了笛子，行雲流水的吹奏了一曲，日曜聽得出神，月痕柔嫩的唇輕輕噘起就著笛子，長長的睫毛微微顫動著，柔軟的風將她的髮絲吹亂，飄到日曜的胸口不住的點著，這如流泉般的笛聲和如絲的髮，把日曜的心敲打得幾乎快從胸膛蹦出來了。

一曲方畢，月痕抬起頭問著：「好聽嗎？」日曜低了頭，就這樣吻上了月痕。

＊　　＊　　＊

「什麼男人都是騙子禽獸壞蛋，明明女人都是騙子才對！」這回日曜和翠山倒是意氣相投，一起哀怨的蹲在火爐旁烤著年糕，女生們則是按照慣例完全不理他們。

女生聚會那邊吵得快要把屋頂給掀了，不時傳來尖叫聲和笑聲。「什麼！妳真的跟日曜在一起了！」

月痕尷尬得不知道該說什麼好，一邊喝著酒一邊嘿嘿笑著想混過去。

「他親了妳嗎！」月痕羞紅了臉，眼睛看著旁邊的地板勉強點了點頭。又引起了一陣尖叫聲。

「那他有沒有對妳這樣那樣，然後那樣這樣，最後又哪樣哪樣？」這種問題的尺度也太寬了，月痕趕緊搖頭。

「吼，日曜也太沒用了啦，親都親了，就趕快把所有流程搞定才行啊！」玉棉的發言竟然獲得在場全數女生的同意。

其實不是日曜不想這樣那樣，也不是月痕不肯那樣這樣，只是會不會太快了點？她……她也是會害羞的啊！

所以當日曜將她摟在懷裡，吻得激烈差點咬破她的嘴唇時，她下意識的掏出了修理材料，手上金光一閃，就這樣燙著了日曜光禿禿的腦袋，浪漫的場景瞬間演變成日曜頭上冒著煙，一傢伙跳進水池的慘劇。

這……還是別跟這些女生們講吧，月痕哭笑不得的被罰了好幾杯酒。

日曜則是頭上頂了個碗大的傷疤，完全不知道該怎麼跟夥伴們解釋，誰叫他喜歡上的是個彆扭的暴力女炮鍛呢？受點傷也是應該的……他撥著炭火的餘燼，腦袋還陣陣的發疼。

但是當他轉頭偷瞄女生聚會和月痕的視線對上時，月痕因為酒醉而微紅的臉綻放出美麗的笑容時，他又覺得這樣的痛楚還挺幸福的。

作者的話

其實我已經不在信ＯＮ了。

我離開這個戰禍頻仍的遊戲已經一年多，雖然常常憶念。但我當初在這裡實在受到太多折磨，雖然有非常強烈的思念，但我也不敢回去。

信ＯＮ是個好遊戲，但不適合我。我總是把遊戲玩得太真，玩得太拚，最終只是燃燒掉自己的遊戲生命。

不過這應該是我最後一個徹底燃燒的遊戲，現在我在魔獸，顯得很散漫無用，什麼都無所謂，跟別人的關係也一直是冷淡到友善而已。

但我還是會記起信ＯＮ那段熱血到會沸騰的日子。我還記得上面的人們，記得當時的笑與淚。

但三人行，並不真的是網遊小說。把信ＯＮ的背景代換成任何遊戲都說得通，甚至替代成社團都可以。因為真正的重點不在這個共同參與的「團體」，而是我想寫一則與愛情無關的故事。

男女之間，不是只有愛情而已。甚至，許多人成為情侶、夫妻，並不是因為「愛情」這麼狹隘的定義，而是那個人這麼重要，重要得很難失去她（或他），但在社會壓力下，異性只有走入「情侶」或「夫妻」的關係，才能夠合情理的相處。

但，人類的情感不是這麼單純的。

有些時候，我們會遇到一些異性朋友，成為「異父異母」的兄弟姊妹。這是很稀有的情感，即使失聯，回想起來都會倍感溫馨。

＊　＊　＊

其實，三人行的角色各有文本。葉隱是之前的北條家長九郎，而其翼是武田家超強奪陣黨首神主豪烈。女主角湘雲是多個女性朋友的組合體。

當然這是虛構的故事，但當我在進行情節整合時，我會一再想起這些朋友，而覺得非常有趣。

留下這本書，等於留下一個記憶。記憶我們也曾在沙場上並肩作戰，記憶我也曾為了失去一塊虛擬的領土懷憂喪志，深夜裡為了千絲萬縷繁複的國事苦惱不已的過往。

我，曾是月野唐藥。我曾是，六服武田的初代民選家長。

雖然毀譽參半，雖然都是過往，但，我記憶。

遙遠的思念，雖然我不會回頭了。

這個時候，我就會慶幸，我會寫小說。而我，僅將此書獻給六服武田的兄弟姊妹。

記憶我們曾有的過往和情誼。

蝴蝶 2007/1/14

作者&原編者的話

原本以同人誌形式出版的《三人行》，這次進入蝴蝶館的書系中，以全新的面貌成為各位讀者的藏書。

在製作這本《三人行》的時候，我深深感到這是一段自婊與互婊的歡樂時光，這要從離題很遠而且完全與本書完全無關的地方說起。

我一直很欣賞有「Otaku」特質的人——對喜好之事極度狂熱投入者。我喜歡稱他們為阿宅，但這跟一般誤用為「足不出戶者」是完全不同的意思，這個請大家在看到以下提及「阿宅」時調整一下。

其實身為一個設計者、創作者，一直最困擾我的事情就是對事情缺乏熱情，我喜歡的事情非常多，會的東西也不算太少，但就是缺乏對任何事情喜愛到不顧一切投入的熱情。

我缺乏熱情，就算是很喜歡的事情也一樣，有就碰沒有也無所謂。

但是我身邊的朋友絕大多數都有著沸騰的靈魂，或者是動漫畫領域的，或者是音樂領域的，或者是像蝴蝶這種無論對寫作或是遊戲都奉獻所有狂熱的人。

被阿宅們包圍的我，對他們能全神貫注投入所愛感到非常羨慕，我從來沒想過有一天我也會如此，雖然不能說是竭盡所能，只是最近當我發現的時候，原來我也已經成為別人眼中的「Otaku」了。

首先是摔角，我住的地方向來不裝第四台，我對於無盡的新聞台感到萬分恐懼，尤其怕聽到主播和記者們用激昂的語氣說著一大堆負面語言，那會讓我頭痛很久。

我永遠記不住我喜歡的節目會在哪個時段、哪個頻道播出，尤其是一直很愛看的美摔，老是因為一堆奇奇怪怪的理由被調動時間，又總是擔心新聞局以暴力理由就封殺了摔角的播出，所以沒有固定收看的機會也不太在意，但是當我發現我架子上的摔角DVD越來越多的時候，我才發現我已經是個摔角迷了。

後來當我在跟一位也愛摔角的朋友聊天時，我很興奮的跟他分享在美國舉辦的摔角狂熱票價多少、要再加多少費用才能被摔角明星的啤酒噴到時，他很驚訝的對我說：「妳是比我還狂熱的摔角迷……」這才發現我所表現出來的樣子，已經到達狂熱阿宅的等級了。

再來是遊戲，「信長之野望」這個遊戲是因為蝴蝶的關係才開始接觸，當蝴蝶離開信長時，意外的我竟然留了下來，更意外的是和許多人成為了現實中的朋友。

和從前的遊戲一樣幾乎不出團不練功，卻完全沒有想過要離開這個遊戲，每天打開電腦的同時就打開遊戲，就像學生不管是用功或是放空，都要到學校報到一樣的理所當然，從創立第一個角色到快三年才攻頂，這期間和夥伴們共同經歷了許多事情，其中許多事件被我轉化了在〈日與月的相遇〉當中。

儘管遊戲是虛擬的，但是在遊戲中一起完成某些目標的過程，有過的爭執和快樂卻都是真實的，我很清楚我離不開的不是這個遊戲，而是這些夥伴。

所以我動手寫了〈日與月〉，並且創下我最快的完稿記錄，把大家的性格全部借用進來，第一次嘗到被故事附身的感覺，完稿的瞬間，我也意識到了，原來我真的已經是個阿宅了。

回到前文，之所以說是自婊與互婊，主要是在製作過程中，我用了**Lady Marmalade**這首歌讓蝴蝶著魔似的狂寫魔獸小說，因為她看到我生平第一次被故事附身卯起來狂寫的樣子開心得不得了，所以這是身為室友的小小報復。

最後是一定要有的感謝名單，當初這本個人誌從開始著手製作到完成，中間發生很多事情讓人措手不及，連為了要讓製作更順利而大幅更新電腦卻反而出了狀況，足足耽擱了將近一週的工作進度，還好有不少朋友的協助才得以完成。

在此感謝小靜姐姐讓我拍了不少好照片，雖然幾番嘗試之後，我選擇了用其他的方式來設計，可是妳的動作實在太棒了，有機會一定會派上用場的。

感謝小藍（**Ruslan**）常常給我很多關於蝴蝶作品的資訊，很多訊息其實我常常都沒去注意，真是個不稱職的室友。**XD**

感謝慧子和奈奈夫婦（已經變成夫婦了，哈。）、小颯、小曦、尋老是送補給品過來給我們打氣，感謝小三總是聽我吐苦水，感謝亂源裡的夥伴任我亂寫，完全不計形象演出。（是說計較也沒用啊……）

感謝各位讀者對我老是出狀況的包容，讓我胡作非為……我是說，信任我的設計，讓我能在無後顧之憂的狀況下把蝴蝶的個人誌完成。

當然，我一定要感謝蝴蝶，完全放手讓我來玩這本實為雙人誌的信長同人，雖然很噁心，我還是要講一下，蝴蝶，我真是愛死妳了！

也感謝你們看完這一大篇囉嗦的心得與感想，我也很期待著下一本個人誌與商業誌的到來。

Joujou（啾啾）

國家圖書館出版品預行編目資料

三人行 / 蝴蝶Seba著.
-- 初版. -- 新北市 : 雅書堂文化, 2017.01
面； 公分. -- (蝴蝶館 ; 75)
ISBN 978-986-302-349-4(平裝)

857.7　　105024280

蝴蝶館 75

三人行

作　　者／蝴　蝶
發 行 人／詹慶和
總 編 輯／蔡麗玲
執行編輯／蔡毓玲
編　　輯／劉蕙寧・黃璟安・陳姿伶・李佳穎・李宛真
封面設計／做作的Daphne
執行美編／陳麗娜
美術編輯／周盈汝・韓欣恬
封面圖片／arleksey/Shutterstock.com

出版者／雅書堂文化事業有限公司
郵政劃撥帳號／18225950
戶名／雅書堂文化事業有限公司
地址／新北市板橋區板新路206號3樓
電子信箱／elegant.books@msa.hinet.net
電話／（02）8952-4078
傳真／（02）8952-4084

2017年 1月初版　定價240元

總經銷／朝日文化事業有限公司
進退貨地址／新北市中和區橋安街15巷1號7樓
電話／（02）2249-7714
傳真／（02）2249-8715

Seba・蝴蝶